JACQUELINE NIKEL

PIEDRAS PRECIOSAS

sein wertvollster Besitz

für dich!

Jacqueline Nikel

W0375090

Impressum
Anschrift:
Jacqueline Nikel
c/o AutorenServices.de
Birkenallee 24
36037 Fulda

Cover & Buchsatz
Mandy Apel
mrs.mapelgraphics.de

Vorwort

Achtung Spoiler Gefahr.

Wie ich finde, verraten Triggerwarnungen, Vorwörter, kleine Inhaltsangaben zu viel. Aber! Sie sind auch unabdingbar. Wenn du also ein Problem mit Entführung, Stockholm-Syndrom, Gewalt an Frauen, Folter, Waffengewalt, Verfolgung, Tod und Trauer hast, ist dieses Buch DEFINITIV nicht deins und das Genre eventuell eines, von dem du Abstand nehmen solltest. Das Buch handelt aber nicht nur von Gewalt, es geht auch um Liebe, Erkenntnisse, Überwindung, Stärke und Entwicklung. Lesen also auf eigene Gefahr.
Ich wünsche allen ein schönes Lesevergnügen.

Playlist

Watch the World Burn - Falling in Reverse

Infinity - Jaymes Young

love nwantiti - CKay

Women - Emmit Fenn

Don't Stop The Music - Rhianna

Trust Nobody - Hippie Sabotage

You Broke My Heart Again - Teqkoi, Aiko

Fake - The Tech Thieves

Lovely - Billie Eilish, Khalid

Under The Knife - Rise Against

Safe - Nico Santos

Secrets - OneRepublic

Finish Line - Jules Larson

Lighthouse - Loveless

Watch The World Burn - Falling in Reverse

Anyone - American Avenue, Loveless

In The End - Tommee Profitt, Fleurie, Mellen Gi

Prolog

Als Blutdiamanten werden jene Diamanten bezeichnet, mit deren Verkauf Kriege finanziert werden. Es werden also Rebellen und Invasionen mit dem Geld aus dem Verkauf finanziert. Blutdiamanten tragen also zur Verschlimmerung und Verlängerung von Konflikten bei.

Darren Miller

Ich habe alles gegeben. Alles, was in meiner Macht stand, hatte nur den Sinn, ihr, ihre zu zeigen. Und Baby, das hast du so fantastisch gemeistert.

Du bist eine wunderbare Frau, stark, unabhängig, gütig und hast so viel Liebe in dir, dass ich nicht stolzer auf dich sein könnte.

Ich wusste ab dem Moment, in dem ich das Haus betreten habe, dass ich nicht lebend herauskommen werde. Aber das ist auch nicht wichtig, Baby.

Versprich mir einfach, dass du lebst.

Victoria

»I gotta admit that I'm living the life that I've always wanted, but it comes at a cost«

- Falling in Reverse -

Ich stehe vor dem Spiegel und begutachte meine Kleidung. Eine schwarze, unscheinbare Leggins, deren Stoff keine Geräusche macht, wenn beim Gehen die Schenkel aneinander reiben. Darüber ein teurer weißer Gucci Pullover, die metallenen Kappen, die am Ende der Schnüre befestigt waren, habe ich abgeschnitten und durch einen einfachen Knoten ersetzt. So können sie kein Klicken erzeugen, wenn sie gegeneinander prallen und das tun sie irgendwann immer. An meinen Füßen trage ich Converse Sneakers. Auf Socken rutsche ich zu schnell auf dem teuren Marmorboden aus und andere Marken quietschen auf dem glänzenden Bodenbelag. Sie sind meine einzige Wahl, wenn ich sicheren Halt haben will, um schnell von A nach B, oder unbemerkt durch das Haus wandern muss.

Ich atme tief ein und aus und wiederhole in meinem Kopf das tägliche Mantra.

Victoria, sobald du durch die Tür schreitest, siehst du nichts, hörst du nichts, riechst nicht und unter keinen Umständen gibst du einen ungewollten Ton von dir.

Denn wenn deine Augen etwas erblicken, was nicht für

sie gedacht ist, wirst du deinen Fehler am eigenen Leib spüren, wie schon so oft.

Wenn deine Ohren Laute erspähen, die nicht für sie gedacht sind, solltest du schnell taub werden, denn wenn du auch nur einen Ton verstanden hast, wirst du am eigenen Leib spüren, wie fatal dein Fehler war, wie schon so oft.

Wenn deine Nase einen Hauch von dem Grauen, das in das Haus einziehen kann, vernimmt, halte die Luft an und verschwinde, denn du willst nicht wissen, wo die Quelle ist, sonst spürst du am eigenen Leib, wie töricht du warst, wie schon so oft.

Und auf gar keinen Fall erzeuge in irgendeiner Art ein Geräusch. Sei ein Geist in diesen vier Wänden. Unauffällig, aber da, wenn du gebraucht wirst.

Bilder von gestern Abend versuchen sich in den Vordergrund zu schieben. Flackern an den Rändern, wollen mir mit aller Macht zeigen, wie wichtig mein Mantra ist.

Als ob ich es nicht selbst am besten wüsste.

Tränen sammeln sich in meinen Augen und ich richte den Blick an die Decke. Sie dürfen nicht fallen, dürfen nicht das perfekt geschminkte Äußere besudeln und damit Risse in die Außenschicht reißen, die mich vergessen lassen könnten, wie viel einfacher ich es hier habe.

Wie gut ich es hier habe.

Mein Starren mit offenen Augen veranlasst die Tränen, die benötigte Feuchtigkeit an meine Augen zurückzugeben und nicht mehr Gefahr zu laufen, mein Make-up zu verschmieren.

Zur Kontrolle schaue ich wieder in den Spiegel und sehe dasselbe Bild wie vorher. Eine Frau mit einem strengen hohen Zopf, makellosem Gesicht und teurer Kleidung, fertig für den Tag.

Es ist Punkt 7:55 Uhr und es wird Zeit nach unten zu gehen, damit ich den Kaffee pünktlich um 8:00 Uhr fertig habe.

Denn sollte ich auch nur eine Minute zu spät sein, werde ich das am eigenen Leib spüren, wie so oft.

Ich öffne die Tür unseres Schlafzimmers einen Spalt, spähe auf den Flur und lausche, ob sich jemand in unmittelbarer Nähe befindet.

Keiner da.

Beim Schließen der Tür achte ich darauf, das Klicken so leise wie möglich zu halten.

Mach keine Geräusche, sonst wirst du deinen Fehler am eigenen Leib spüren.

Meinen Blick halte ich gesenkt und stoppe an der Treppe noch einmal.

Ich vergewissere mich, dass niemand unten in der Eingangshalle ist.

Es wäre nicht das erste Mal, dass ich unbedacht in eine Situation platze, in der ich absolut nichts zu suchen habe.

Die Ellenbogen eng an meinen Körper gedrückt, um die Balance zu halten, tänzel ich lautlos die Stufen hinunter. Würden meine Finger den Handlauf festhalten, wäre das schleifende Geräusch oder die Vibrationen des Geländers ein zu lautes Eindringen in die Stille.

Unten angekommen, überblicke ich den Bereich soweit ich ihn in der gesenkten Geste sehen kann.

Als mir endgültig bewusst wird, dass die Luft rein ist, hebe ich meinen Kopf und gehe in die Küche.

Esmeralda, die Hausdame kommt aus der Wäschekammer, die direkt an die Küche angeschlossen ist.

Sie ist Anfang vierzig. Schon länger in diesem Haus als ich, und weiß um die Regeln besser Bescheid.

Sie begrüßt mich nur mit einem Nicken, schaut auf die Uhr und verschwindet wieder in der Kammer.

Ich gehe um die große Theke herum zum Tresen, auf dem die Kaffeemaschine steht. Per Knopfdruck schalte ich sie ein und nutze den Lärm des Spülprogramms, um die zwei Tassen aus dem Schrank zu holen.

Dabei fällt mein Blick auf die kleinen Schaumstoffpuffer, die Esmeralda dort angebracht hat.

Sie hatte bemerkt, wie schwer es mir am anfangs fiel, leise zu sein, und half mir so die, Lautstärke der sich schließenden Tür einzudämmen.

Jeden Tag, wenn ich sie sehe, erinnere ich mich, wie dankbar ich ihr in diesem Moment war und tue es noch.

Ich stelle die beiden Becher unter die Maschine und gebe ihr den Befehl, sie mit dem schwarzen Glück zu füllen.

Das laute Mahlen der Bohnen nutze ich wieder, um die Milch für mich und die Kaffeesahne für ihn aus dem Kühlschrank zu holen.

Ich stelle die Tüten neben mich und beobachte, wie sich die Tassen füllen, als sich zwei Hände von hinten um mich schlingen.

Für eine Schrecksekunde versteife ich mich, ehe ich merke, dass er es ist.

Ich lege meine Hände auf seine und lehne mich an ihn.

»Guten Morgen Liebling«, ertönt seine Stimme tief und sanft an meinem Hals, gefolgt von einem Kuss hinter meinem Ohr, der mir sogleich ein Kribbeln über den Rücken fahren lässt.

Ich drehe mich in seinen Armen, lege ihm meine Hände auf die Brust, stelle mich auf meine Zehenspitzen und erwidere seinen Gruß an seinen süßen Lippen.

»Guten Morgen.«

Unsere Münder berühren sich, beginnen langsam mit ihrer Liebkosung und wandeln sich schnell in leidenschaftliche Küsse.

Er drückt mich an seinen harten Körper und meiner passt sich seinem an.

Meine Finger wandern an ihm hoch und legen sich in seinen Nacken, ziehen ihn tiefer zu mir, in mich.

Seine Hände wandern zu meinen Oberschenkeln, heben mich hoch und setzen mich auf die Arbeitsplatte.

Ein scharfer Schmerz durchzuckt mich.

Schießt von meinem Po die Wirbelsäule hoch und lässt mich meine Zähne zusammenbeißen, während das Wimmern sich dazwischen drängt.

Dummerchen.

Ich rechne schon mit der Wucht seiner Wut und beginne mich zu verteidigen.

»Es tut mir Leid. Es tut eigentlich überhaupt nicht mehr weh«, lüge ich ihm direkt ins Gesicht.

Die Striemen brennen höllisch und ich fürchte mich schon vor dem Moment, wenn die Natur ruft.

»Nicht lügen, Vikki. Ich hätte selbst daran denken müssen, dass du noch Schmerzen hast.«

Mein Mund steht offen, so überrascht bin ich von seiner Gelassenheit.

Wie ein Kind greift er unter meine Arme, hebt mich hoch und stellt mich wieder auf die Füße.

»Wir verlegen das auf später, lass uns frühstücken«, kommt es von ihm und ich sehe, wie er sich zur Maschine lehnt, um seinen Kaffee zu nehmen.

Die nächste Panikattacke rollt auf mich zu, denn ich habe noch keine Kaffeesahne in seinen Becher geschüttet. Wenn er jetzt einen Schluck trinkt und es bemerkt, dann sind die Striemen und der schmerzhafte Toilettengang mein kleinstes Problem.

»Oh, warte … ich bringe dir die Tasse, setzt dich hin. Die Sahne fehlt noch«, bettel ich ihn an, mich das machen zu lassen.

Er reagiert mit einem sexy Schmunzeln auf meine Bitte, greift nach dem Kaffee und die daneben stehende Sahne.

»Ich bin schon groß, Liebling.«

Was ist heute mit ihm los?

Nicht, dass ich seine Laune nicht mag. Sie ist erfrischend und es ist ausnahmsweise mal kein Eierlauf mit seinen Dämonen.

Wenn ich es nicht besser wüsste, könnte man meinen, ich hätte ihm heute morgen den Blowjob seines Lebens gegeben, aber selbst an diesen Tagen habe ich es selbst unter größten Anstrengungen nicht geschafft, ihn in diese Laune zu befördern.

Okay, ich arbeite mit dem, was ich habe und da ich mich blitzschnell in Situationen einfinden kann, hinterfrage ich nicht weiter und beschließe den Löwen weiter zu beobachten.

Victoria

»Baby, this love, I'll never let it die«

- Jaymes Young

Mit Becher und dem kleinen Tetrapack geht er zum Tresen und setzt sich auf einen der Hocker. Wie selbstverständlich öffnet er den Schraubverschluss und schüttet sich die passende Menge der weißen Flüssigkeit ein.

Zögernd folge ich ihm, komme aber nicht dazu, mich neben ihn zu setzen, denn er zieht mich vorher auf seinen Schoß, dieses Mal darauf bedacht, meinen Hintern zu schonen und ihn zwischen seinen Beinen zu platzieren.

»Habe ich dir schon gesagt, dass du heute wundervoll aussieht, Liebling?«, fragt er mich und drückt mir einen weiteren, diesmal keuschen Kuss auf die Lippen.

Ist das ein Trick? Eine Falle?

Vollkommen egal, was seine Hintergründe sind, ich muss mich verhalten wie immer, was bedeutet, sein Ego zu streicheln und keinen Raum für Fehler lassen.

»Das musst du nicht sagen, ich spüre es in jedem deiner Blicke. Du lässt mich jeden Tag wie eine Prinzessin fühlen und nur dank der wunderschönen Sachen, die du mir kaufst, kann ich so aussehen.«

Es ist kein Honig ums Maul schmieren, es ist die Wahrheit, die Tatsachen, die ich nicht leugnen kann und auch nicht muss.

Er liebt mich, beweist es mir mit all den kleinen Gesten und seiner Großzügigkeit. Ich kann mir seiner immer sicher sein, weiß, dass er mir keinen Wunsch verwehren würde, dafür verlangt er im Gegenzug nur meine Liebe. So wie es immer ist. So wie es immer sein sollte.

»Bescheiden wie immer«, antwortet er mir, greift um mich herum, nimmt seine Tasse zur Hand und führt sie an seinen Mund.

Ich tue es ihm gleich, bewege mich dabei so wenig wie möglich, damit ich ihn nicht störe.

Das Hausmädchen Esmeralda betritt wieder aus der Wäschekammer den Küchenbereich, stellt sich mit gesenkten Kopf uns gegenüber an den Tresen und wartet darauf, dass ihr die heutige Auswahl des Frühstücks aufgetragen wird.

»Buenos días, Esmeralda. Lo de siempre, por favor«, ertönt seine melodische Stimme und legt sich schmeichelnd um meine Sinne.

Er hat ihr aufgetragen, dasselbe wie immer zuzubereiten, das aus einem Omelett mit Pilzen, Frühlingszwiebeln und süßen Tomaten besteht. Allerdings ist das Guten Morgen und auch das Bitte in seiner Aufforderung neu.

Nach zehn Jahren zusammen mit ihm beherrsche ich die Sprache genauso gut wie ein einheimischer und könnte dir Worte auch mit der richtigen Betonung aussprechen. Ich bin mir nur nicht sicher, wie er es finden würde, dass ich seine

Sprache spreche und er keine Geheimnisse vor mir haben kann. Mein Leben mit ihm ist fantastisch, ja ich habe einige Regeln, aber solange ich mich an jede einzelne halte, habe ich ein sogar sehr luxuriöses Dach über dem Kopf und so viel zum Essen wie ich will.

Das war nicht immer so.

Unter meinem Oberschenkel beginnt es zu vibrieren, aber mit mir in dem einen Arm und der Tasse in der anderen Hand, bekommt er sein Telefon schwer zu greifen.

»Würdest du bitte, Liebling«, fordert er mich auf, es aus seiner Hosentasche zu holen. Umständlich hole ich es hervor, nehme den Anruf an und halte es ihm ans Ohr.

»Un momento«, spricht er in den Hörer und weist seinen Gesprächspartner an, sich einen Moment zu gedulden. Anschließend richtet er sein Wort an mich.

»Vikki, stell es bitte auf Lautsprecher und leg es hin. Ich möchte frühstücken.«

Verblüfft komme ich seiner Aufforderung nach, stelle auf Freisprecher, lege es hin und genau in dem Moment stellt Esmeralda die Teller vor uns ab.

Das nenne ich Timing.

»Du störst mich und Victoria beim Frühstück«, spricht er barsch, stellt dabei im Kontrast zu seiner Stimme die Tasse seicht ab und beginnt mit der freien Hand sein Omlett mit der Gabel zu teilen. Sein anderer Arm umschlingt mich dabei immer noch und hält mich dicht bei ihm.

»Auch einen guten Morgen. Ich entschuldige mich für die frühe Störung, Senior.«

»Auch Victoria ist sicher nicht erfreut über deinen Anruf«, erwidert er auf seine Entschuldigung statt die eine anzunehmen.

»Natürlich … Entschuldigung, Piedra preciosa«, sagt Carlos, den ich an seinem Akzent und diesem schrecklichen Kosenamen erkenne.

Alle Freunde von ihm nennen mich so, Piedra preciosa, Edelstein. Ich glaube, sie machen es, weil ich seine Frau bin, weil ich diejenige bin, die er mehr liebt als das ganze Geld, die er gegen alles und jeden beschützt. Er lässt niemanden auch nur ein falsches Wort über mich sagen und haben sie in ihrem Blick auch nur ein lüsternes Funkeln, sorgt er dafür, dass ihre Nase nicht mal dieselbe Luft wie ich atmet.

Aber immer wenn ich ihn gefragt habe, was die Worte bedeuten und warum sie mich so nennen, sagte er nur, dass es eines Tages Sinn ergeben wird.

Da ich nicht unhöflich sein will, öffne ich meinen Mund um Carlos, seiner rechten Hand, zu sagen, dass er entschuldigt ist, da fährt er mir ins Wort.

»Sprich und halte uns nicht länger auf«, kommt es jetzt ungehaltener und ich merke seinen Stimmungsumschwung in den Handbewegungen, die das Omelett nun traktieren.

»Ich wollte nur Bescheid sagen, dass für heute Abend alles vorbereitet ist. Die Lieferanten werden bis Mittag alles bringen und das Personal kommt eine Stunde vor Beginn. Die Security um das Anwesen wurde verdoppelt und alle eingeladenen haben zugesagt.«

Na klasse, wieder eine Veranstaltung, an der ich oben in

unserem Schlafzimmer darauf warte, dass alles vorbei ist und ihn niemand wütend gemacht hat, was mir, wenn ich auch nur im falschen Ton antworte, eine Strafe einbringt, oder Gott bewahre der falsche Muskel zuckt. An solchen Abenden lässt er auf Spanisch den ganzen Abend Revue passieren, lässt sich über alles und jeden aus, ohne das er weiß, dass ich es verstehe und da ich ihn nicht noch mehr verärgern will, antworte ich falsch, was ihn aufregt und so muss ich es ausbaden. Ich erleide dann, was anderen zusteht.

Ich hasse diese Abende. Dann ist er nicht mein Mann, nicht mein Liebhaber, nicht mein Retter. Dann ist er der grausame Anführer, den jeder andere sieht und nichts mit dem Menschen zu tun hat, den ich liebe. Aber es ist sein Temperament und ich verstehe das, wenn es einmal hochkommt, sich nicht zügeln kann.

»Sehr gut. Komm hierher und überwache alles. Ich werde bis zum Beginn meine Zeit mit Victoria verbringen.«

»Sí«, antwortet Carlos und beendet das Gespräch.

Ich schaue ihn abwartend an, bin so verwirrt über den ganzen Ablauf heute schon, dass ich nicht weiß, wie ich alles deuten soll und was mich erwartet.

»Ich erlöse dich, mein Liebling, du brauchst nicht länger rätseln. Dachtest du, ich würde es vergessen?«

Jetzt stehe ich völlig auf dem Schlauch, daher schaue ich ihn nur fragend an, was ihm ein breites Grinsen ins Gesicht zaubert.

»Dios mío … Liebling, heute ist unser Hochzeitstag.«

Meine Augen werden groß und mein Kopf ruckt in die

Richtung des Kalenders. Tatsächlich strahlt mich das heutige Datum und damit unser Trauungstag an und ich frage mich, wie ich den vergessen konnte. Mir entgleitet für einen Moment die so gut antrainierte Kontrolle.

»Ach du Scheiße!« Ich bemerke meinen Fehler, des losen Mundwerkes sofort und lege meine Hand auf den Mund, während ich jetzt ihn und nicht mehr den Kalender mit großen Augen anstarre.

Ein amüsierter Laut kommt aus seiner Brust, ehe er vergnügt antwortet: »Normalerweise vergessen doch die Männer diesen Tag, nicht die Frau. Aber gut, dass ich nicht so bin. Ich habe dir Kleider bestellt, sie liegen schon im Schlafzimmer bereit und warten darauf, von dir begutachtet zu werden. Dein Beauty-Team kommt gegen Mittag, um dir deine Haare und Make-up zu machen. Dabei werde ich an deiner Seite sein und alles überwachen. Meinem Diamant soll es heute an nichts fehlen und zum Abschluss feiern wir unseren Tag mit einem rauschenden Fest.«

»Okay«, antworte ich ihm überfordert und gleichzeitig aufgeregt, dass er alles für uns organisiert hat.

»Jetzt werden wir aber erst zu Ende Frühstücken und anschließend kannst du mir deine Dankbarkeit im Schlafzimmer zeigen. Am besten auf mir reitend«, kommt es mit einem verschmitzten Ausdruck von ihm und prompt rinnt ein angenehmer Schauer über meinen Rücken.

Oh, das könnte der beste Tag seit langer Zeit werden.

Ismael

4 Jahre - 6 Monate - 20 Tage

So lange ist es her, dass ich mit meinem Einsatzleiter jeglichen Kontakt abgebrochen habe.

Das war notwendig. Ich wusste, worauf ich mich einlasse, als ich den Schritt gewagt habe und mich bereit erklärte, diesen Einsatz anzutreten. Alles war für diesen einen Moment, für diese Situation gedacht und in wenigen Augenblicken kann ich visuell mein Ziel sehen, es anschließend beschreiben und endlich ein Lebenszeichen nach Amerika schicken, ihnen die Koordinaten geben und so alles beenden.

Ich kann wieder nach Hause. Mein Leben wieder aufnehmen, mit alten Kameraden scherzen, meine Familie in den Arm nehmen und all die Dinge machen, die mir die letzten fast 5 Jahre gefehlt haben.

Wir waren 50 Kandidaten, die für diesen einen Zweck ausgebildet werden sollten und aus ihren jeweiligen Einheiten abgezogen wurden. Bei der Auswahl achteten sie nicht auf Ränge, sondern auf Leistung, körperliches Befinden und am allerwichtigsten das Geschlecht.

Es mussten Männer sein, niemand anderes könnte sich in die Organisation einschleichen, ihr Vertrauen erschleichen, sich in den Positionen hocharbeiten, um so endlich an den Kopf der Bande zu kommen.

Seit Jahrzehnten versuchen die Vereinigten Staaten Martínez und seine Organisation zu stürzen, aber es gab kein Bild des Anführers, nie auch nur den Hauch einer Spur, wo er sich aufhalten könnte. Also planten die amtierenden Machthaber dieses Mammutprojekt.

Unter all den vielversprechenden Anwärtern war ich der einzige, der sich letzten Endes dafür entschieden hat, alles hinter mir zu lassen, um dem Elend, das sie verbreiten, den Gar auszumachen. Meine Ausbildung dauerte ein ganzes Jahr. Ein Jahr, in dem ich die Sprache mit dem entsprechenden Straßenslang lernen und verschiedene Nahkampftechniken perfektionieren sowie mir Namen und Gesichter der uns bekannten Anhänger einprägen musste. Aufgrund meines eidetischen Gedächtnisses fällt es mir leichter, Situationen schnell zu analysieren, Chancen zu berechnen und Wege zu finden, die mir und meinen Kameraden mehr als einmal das Leben gerettet haben. Aber all die Arbeit und alles was ich entbehren musste, zahlt sich heute aus.

Ich verabschiedete mich auf ungewisse Zeit von meiner Familie, sollte ich nach 5 Jahren keine Erfolge melden, oder überhaupt ein Lebenszeichen von mir eingehen, würde ich als Gefallen angesehen werden. Eine ehrenhafte Bestattung für meine Angehörigen, sowie ein ordentlicher Batzen Geld, um ihre Absicherung zu gewährleisten. Da ich keine Frau und keine wissentlichen Kinder habe, wird alles meinen Eltern gegeben, die die Anweisung haben, es auf meine Geschwister und deren Kinder zu verteilen. Schließlich bangen alle um mich. Sie wissen nicht, wie es mir geht oder ob ich überhaupt noch lebe. Jedes Weihnachten, jeden Geburtstag feiern sie ohne mich und geben die Hoffnung nicht auf. Das zerrt an den Nerven, tut es bei mir auch, wenn ich die Daten sehe, daran denke ich, wo alle sind, was sie machen, wie sie zusammen sitzen und alles, was wir sonst in enger Familienbande vollzogen haben, nun ohne mich machen.

Wichtig ist jetzt nicht übermütig zu werden, meine Deckung zu gefährden und so aufzufliegen. Also lasse ich mir nichts anmerken, nippe an der Flasche Guiluxe, dem Bier, das hier in Guinea gebraut wird und wahre den Anschein mit den Anwesenden zu feiern.

Der Oberboss hat geladen, nur die hohen Tiere der Untergrundorganisation sind gekommen, dürfen auf sein privates Anwesen und dabei sein, wenn er seinen zehnten Hochzeitstag feiert. Wie ich in den Straßen von Conakry, der Hauptstadt von Guinea meinen Anfang machte, mich Stück für Stück in ihr Radar bewegte und dafür sorgte aufgenommen zu werden, hätte ich nicht gedacht, dass es so lange dauern würde, dem Boss endlich zu begegnen und mein Ziel zu erreichen. Gerade weil der Wechsel in diesem Geschäft unglaublich floriert. Vor einem Monat war noch Oumar an der Seite von Carlos, der rechten Hand des Anführers. Leider wurde er bei der letzten Überwachung einer Lieferung von Diamanten über die Grenze von Sierra Leone erschossen und der nächste in der Rangfolge war ich, oder besser Ismael, denn nur unter diesem Namen bin ich hier bekannt. Sie wissen nicht, dass ich eigentlich Darren heiße, aus den Staaten komme und meine Mutter keine Mexikanische Prostituierte war, die wie so viele dank des Menschenhandels in dieses Land gekommen ist und versklavt wurde. Unendlich viele dieser Bastarde laufen auf den Straßen rum, aussortiert wie Müll, da sie von den Einheimischen verstoßen und von den Banden angezogen werden. Ihr Werdegang steht seit ihrer Geburt fest. Geboren in die unterste Schicht, ihre Mütter nicht fähig, sich um sie zu kümmern, rutschen sie immer mehr ab, werden von den Organisationen als Dealer benutzt, als lästige Bauern, die ihre Waren von A nach B bringen und deren Drecksarbeit machen.

So habe auch ich angefangen, mich auf der Straße durchgekämpft, stieg immer mehr auf, tat Dinge, die mir am Anfang Albträume bereitet und nun nach all den Jahren zu etwas Banalen, alltäglichen geworden sind. Ich bin abgestumpft.

Mittlerweile zögere ich bei den Befehlen, die mir gegeben werden, nicht mehr, es kommt kein Mitleid mehr auf und das sollte mir zu denken geben.

Rational weiß ich, dass ich mir etwas hätte bewahren sollen, allein für meine Rückkehr nach Hause, wo das Leben kein Kampf ist und es dort nicht zur Normalität gehört Menschen, zum Reden zu bringen, unter Folter Infomationen zu erhalten und ihr Leiden mit einem Kopfschuss zu beenden. Aber um diesen Auftrag auch geistig zu meistern, muss es sein und ich habe mir geschworen, sobald ich wieder bei meiner Familie bin, all meine Tätigkeiten als das zu sehen, was sie waren. Notwendig.

»Heute ist ein großer Tag für dich, mein Freund«, gibt der Schmierlappen Carlos von sich, klopft mir auf die Schulter und pflanzt seinen Allerwertesten neben mich auf dem Sofa. Wie ich es genießen werde, ihn persönlich leiden zu lassen.

Unbeeindruckt schenke ich ihm nur einen Seitenblick und schaue mich wieder im großzügigen Raum, der das Wohnzimmer ist, um. Frauen in Uniform laufen mit Tabletts rum, verteilen Getränke und kleine Häppchen, als wären wir auf einer Gala und nicht im Haus eines der schlimmsten Monster auf Muttererde. Von den Anwesenden kenne ich so gut wie keinen außer einem unserer Partner, der jede Woche einen Großteil an Waffen von uns bekommt und die mit Edelsteinen bezahlt.

Blutdiamanten. Er füttert damit die Rebellen, Wilderer und jeden Stamm, der den westlichen Einfluss auf diesem Kontinent mit Feuerkraft verhindern will. Carlos verkündete mal stolz, dass unsere Organisation an der Spitze des Handels stünde und egal um welchen Markt es gehen würde, überall findet man ein Produkt aus unseren Händen.

Waffen, Diamanten, Menschenhandel und Drogen sind die größten Einnahmequellen und gleichzeitig die Widerwärtigsten in meinen Augen. Vor knapp zwanzig Jahren ist der Boss, Alejandro Martínez, mit seiner Organisation von Mexiko nach Conakry ausgewandert. Hat hier in Afrika sein Imperium erweitert und steht heute auf sämtlichen Most Wanted Listen in allen Ländern. Der Widerling neben mir, ist mit ihm gereist und hat ihm tatkräftig geholfen, an die Spitze zu gelangen.

Es gibt nur wenige Bilder von Martínez, das letzte ist 5 Jahre her und sein genauer Aufenthaltsort konnte nie bestimmt werden. Bis jetzt.

Ich habe es geschafft, sitze in seinem Wohnzimmer, in seinem Haus, auf seinem Anwesen und kann der Schlange bald den Kopf abschlagen. Mit der geballten Hilfe des US Militärs werden wir hier einmarschieren und alles dem Erdboden gleichmachen.

»Mehr Begeisterung, Amigo. Nicht viele können von sich behaupten, den Boss getroffen zu haben und noch weniger durften den kostbarsten Besitz zu Gesicht bekommen. Piedra preciosa … ein gut gemeinter Rat noch von mir. Schau sie nicht zu lange an, Alejandro mag es nicht, wenn man seine Frau mit einem gewissen Blick ansieht.« Diese Aussage weckt mein Interesse. Ich habe schon viel von der schönen Frau an Martínez Seite gehört, Carlos nennt sie immer Edelstein und gibt immer mysteriöse Kommentare ab, dass sie wertvoller ist als jede Ware, die wir verschieben. Schwer vorstellbar, aber ich bin mir sicher, dass ich gleich einen guten Eindruck davon bekommen werde, wie schön sie ist und welchen Wert diese Monster einer Frau zusprechen, denn normalerweise stehen sie am Ende der Nahrungskette und sind nur Mittel zum Zweck. Schaffen in den Freudenhäusern Geld an, bespitzeln Feinde und werden zum Stressabbau benutzt.

Ich will Carlos etwas genauer nach der Frau fragen, da kehrt Stille in das Gemurmel ein, alle erheben sich und richten ihren Blick auf den Eingang zum Zimmer.

Mein Blick legt sich auf den Mann der erhobenen Hauptes

alles überblickt. Selbstgefällig, fast hochnäsig auf alle herab sieht und dabei makellos aussieht. Er trägt einen teuren Anzug, seine Haare liegen sauber zurückgekämmt an und wenn ich nicht wüsste, womit er sein Geld verdient, könnte ich glatt denken, er wäre ein Mann von Welt, der niemandem etwas Grausames antun könnte.

Meine Augen gleiten weiter und erkennen eine Hand, die in seiner Ellenbeuge ruht und an der ein Ring funkelt. Ich folge dem Arm hinauf und blicke in das Gesicht einer Frau, die nicht schöner sein könnte. Lange, honigfarbene Haare, strahlend grüne Augen, die ich nur einmal in meinem Leben so gesehen habe und nie wieder vergessen konnte.

Wochenlang strahlte mir ihr Gesicht auf sämtlichen Bildschirmen entgegen, gefolgt von ihren Eltern, die verzweifelt nach ihr suchten.

Victoria, Victoria Brown, Tochter von Jonathan und Tiffany Brown, Senator Brown und mit hoher Wahrscheinlichkeit bald Präsident Brown.

Sie ist wirklich der kostbarste Besitz.

Victoria

»If you leave me I go die, I swear Your are like the oxygen I need to survive« - CKay

Ich fühle mich wie eine Königin, seine Königin.
Nach dem Frühstück sind wir ins Schlafzimmer gegangen, wo er mir dieses herrliche Kleid präsentiert hat, das ich nun trage. Danach folgte ein Milch- und Honigbad, das er mit mir zusammen nahm, meine Haut in pure Seide verwandelte und nebenbei meine Gefühle für ihn vertiefte. Wie er das nach über 10 Jahren, in denen wir uns schon kennen, noch schafft, verstehe ich nicht, aber es beweist mir wieder, dass ich die richtige Entscheidung getroffen habe, ihm das Ja-Wort zu geben und mein Leben mit ihm zu verbringen. Unser zärtliches Liebesspiel, das so im Gegensatz zur vorherigen Nacht war, hat mir den Atem geraubt.

Er fing sanft an, meine Haut mit dem Schwamm zu verwöhnen, verteilte das Duschgel auf meinem Körper, vergaß nicht eine Stelle, steigerte meinen Puls und ließ mein Inneres zu Pudding werden. Seine Hände streichelten mich, fuhren zu den Partien, die meine Lust nur steigerten, bis ich so kurz davor war, dass er mich nur noch anpusten musste, um zu zerbersten. Doch Stattdessen hat er seine Kleidung abgelegt, stieg zu mir in die große Wanne, nahm mich in seine Arme und hüllte mich mit seinem Körper ein. Er war so hingebungsvoll, küsste mich um den Verstand und behielt den leidenschaftlichen Rhythmus, der unsere Mitten vereinte, bei, bis ich vor lauter Gefühl nicht anders konnte und zu weinen begann. Jede einzelne Träne, die über meine Wangen kullerte, wischte er mit seinen Lippen fort. Flüsterte mir seine Liebe entgegen, versicherte mir, wie wertvoll ich für ihn und sein Leben bin, und dass er mich niemals fallen lassen würde. Er mich niemals so behandeln könnte, wie es meine Familie getan hat, oder die schrecklichen Männer, die mich damals von ihnen nahmen.

Die Tage, an denen er mir seine ganze Aufmerksamkeit schenkt und so extrem fürsorglich ist, sind eher selten, vielleicht ein oder zweimal im Jahr, dennoch gibt es sie und zeigen mir meinen Mann, den, der sich nicht hinter der harten Schale verstecken muss. Den, der nicht erbarmungslos sein muss, nicht Alejandro Martínez, er ist dann mein Mann, mein größtes Gut, mein Retter.

Seine wachen Augen ließen mich nicht eine Sekunde alleine, überschauten das Geschehen und wann immer ich verstohlen in seine Richtung lugte, sah ich seine Zufriedenheit über mich in seinen Augen scheinen. Als ich hergerichtet war, mein Aussehen auf Hochglanz poliert, kam er auf mich zu, legte seine Arme um mich, küsste meine Stirn und sagte mir, wie froh er ist, mich zu haben. Anschließend nahm er meine Hand und führte mich aus unserem Schlafzimmer die Treppe herunter und ins Wohnzimmer.

Hier stehen wir jetzt, werden von verschiedenen Augenpaaren angestarrt, in denen ich Furcht und Respekt für Alejandro erkenne und sobald sie sich auf mich legen, Lust und

Gier erkenne.

Ich hasse diese Blicke. Ein abgrundtiefer Ekel setzt sich immer in mir fest, lässt meine Haut jucken und ich möchte sie kratzen bis sie rot und geschunden ist, damit die hübsche Hülle nicht mehr so anziehend auf sie wirkt.

Seit meiner Kindheit muss ich mir anhören, wie schön ich bin, wie sehr mich meine Eltern gesegnet haben, und dass ich später, wenn ich auf meine Ernährung und Lebensweise achte, mir jeden Mann aussuchen könnte, den ich möchte. Mein 13-jähriges Ich hat noch nicht ganz verstanden, was sie mir damit sagen wollten, ich buhlte da noch um jede Aufmerksamkeit meiner Eltern und genoss es, wenn ich mich hübsch machte und sie Komplimente von anderen für mich bekamen. Dann war ich eine gute Tochter, machte immer alles richtig und wurde nicht als Nichtsnutz beschimpft. An den Tagen war ich genug, hatte den besten Durchschnitt meiner Klasse, war eine begnadete Musikerin, hatte bei der letzten Mathleten-Meisterschaften meinem Team den Sieg geholt und würde meinem zukünftigen Ehemann eine Perle am Arm sein, die auch noch was im Kopf hatte. Zuhause hörte ich ständig etwas anderes. Ich musste besser sein, eine 2 auf dem Zeugnis brachte mir eine Ohrfeige meiner Mutter, eine falsche Note endete in einem Abend ohne Essen und Gott bewahre, ich lächelte nicht den ganzen Tag in der Öffentlichkeit. Wenn auch nur ein Bild mit dem falschen Gesichtsausdruck die Schlagzeilen beherrschte, kannte mein Vater kein Halten mehr und ließ seiner Wut mit dem Gürtel freien Lauf. Er ist der Bürgermeister, will hoch hinaus und dafür muss er die perfekte Familie haben. Wie Vieh, das herangezogen wird, um irgendwann dem Höchstbietenden verkauft zu werden, haben sie mich Erzogen und heute weiß ich, dass ich niemals aus Liebe hätte heiraten können. Mein Mann wäre jemand gewesen, der meinem Vater mehr Ansehen verschafft, ihm größeren Einfluss beschert hätte und da wären meine Gefühle zweitrangig gewesen. Nicht so wie bei Alejandro, dem mein ganzes Herz gehört.

Er hat mich aus den Fängen der widerlichen Menschen befreit, mir ein neues Heim gegeben, in dem ich erblühen durfte und der nur eine harte Hand beweist, wenn ich auch wirklich einen Fehler gemacht habe und nicht weil ich nicht gut genug im Alltag war. Die letzten 10 Jahre mit ihm waren bestimmt nicht immer leicht, aber sie waren die schönsten, die ich bisher hatte.

Alejandro führt mich weiter in den Raum, vorbei an den ganzen Gaffern und zum Esstisch, der prunkvoll gedeckt ist. Am Kopfende bleiben wir stehen und warten, bis die Leute uns gefolgt sind und sich an ihre Plätze gestellt haben.

»Erstmal möchte ich euch in meinem Haus willkommen heißen. Victoria und ich freuen uns darüber, dass ihr diesen besonderen Tag mit uns feiert«, beginnt er seine Rede und schenkt mir einen warmen Ausdruck. »10 Jahre habe ich meinen ganz persönlichen Diamanten an meiner Seite und sie ist wertvoller als alle Güter, die ich je besitzen könnte. Und wer weiß … Möglich, dass wir bald den Platz auf diesem Anwesen mit kleinen Versionen von uns füllen und die nächste Generation, die unsere Organisation weiterführen wird, zeugen.« Beendet er seine Rede und mir wird flau im Magen. Äußerlich lasse ich mir nichts anmerken, um das jetzt nicht mehr echte Lächeln zu behalten, wende ich meinen Blick für einen Moment auf mein Gedeck, betrachte die Goldverzierung und schiebe die Panik bei seiner Aussage zur Seite.

Noch nie hat er mir gegenüber erwähnt, dass er Kinder haben möchte und schon gar nicht so bald. Mir ist bewusst, dass Ehepaare, die so lange verheiratet sind, wie wir diese Frage schon längst geklärt haben, solch wichtige Themen vor dem Ja-Wort besprechen und genau wissen wann, wie viele Kinder sie gemeinsam haben wollen. Mit meinen 28 Jahren wäre ich auch im perfekten Alter, Nachkömmlinge von uns in die Welt zu setzen, aber will ich sie auf dieser Erde freilassen? Mal abgesehen von meinem wirklich guten Leben, hier im warmen Conakry, auf diesem Anwesen mit all seinem Luxus und der Liebe, die ich hier für mich beanspruchen kann und genieße, kann ich das nicht für ein kleines Wesen garantieren. Babys weinen, machen Lärm, halten sich nicht an Regeln und vor allem nicht an Zeiten. Unmöglich, Alejandros Vorlieben einzuhalten und so einer Strafe zu entgehen, ich denke also nicht, dass ich mein Verhütungsmittel absetzen werde, um schwanger zu werden. Das werde ich, sobald wir alleine sind und sich ein passender Moment ergibt, mit ihm besprechen.

Freudigkeits-Bekundungen und beste Glückwünsche in verschiedenen Sprachen durchbrechen meine Gedankengänge und besinnen mich, wo ich mich gerade befinde. Meine

Augen schnellen zu meinem Ehemann, der seine dunklen Iriden scharf auf mich richtet und mir stumm mitteilt, dass er über den kurzen Verlust meiner Aufmerksamkeit verstimmt ist.

»Ich danke euch allen. Bitte denkt daran, dass ihr nur Englisch sprecht, denn meine schöne Ehefrau soll euch alle verstehen. Lasst uns Essen, viel Trinken und den Abend gebührend feiern.«

Als Oberhaupt und Eröffner der Tafel warten alle, dass er sich, gefolgt von mir, setzt. Nur mit Mühe schaffe ich es, mein Gesicht nicht zu verziehen, aber der leise schmerzhafte Seufzer ertönt trotzdem aus meinem Inneren, was ihm nicht entgeht. Seine Hand hebt sich, wie von einer Tarantel gestochen, stürmt die Bedienung in seiner unmittelbaren Nähe auf ihn zu und er flüstert ihr etwas zu, woraufhin sie nickt und sich eilig davon macht. Keine Minute später erscheint sie mit einem Kissen in der Hand, steuert auf mich zu, lehnt sich an mein Ohr und bittet mich, aufzustehen. Ich versichere mich bei Alejandro, ob das so gewollt ist und er nickt mir lächelnd zu, dass er es für mich geordert hat, denn mein Hintern tut trotz der Wohlfühlbehandlung heute noch weh und wird es noch ein paar Tage.

Gehorsam tue ich wie von mir verlangt und bette meinen Po auf dem weichen Kissen, was mir das Sitzen um einiges erleichtert und mir nicht vor unterdrücktem Schmerz gleich der Schweiß auf der Stirn steht. Sobald ich wieder sitze, wird der Wein ausgeschenkt und auf jedem Platz erscheint der Vorspeisensalat. Wie für Guinea typisch wird der einfache

Kopfsalat mit einer scharfen Vinaigrette serviert und auch der Hauptgang ist ein typisches Gericht aus einem Reis Topf mit Fisch und edler Garnitur, Blattgold, was auch sonst.

Während des Essens plätschern verschiedene Unterhaltungen vor sich her, hauptsächlich bestehen diese aus vergangenen Tagen, gemeinsamen Erlebnissen und wie ich gestehen muss, sehr witzigen Pannen. Gerne lausche ich den Männern, höre von ihren natürlich ausnahmslos harmlosen Arbeiten, denn nie würde es einer wagen in diesen vier Wänden, direkt vor mir zu erwähnen, was sie wirklich machen, der Anschein soll gewahrt werden und ich so wenig wie möglich wissen.

»Piedra preciosa, wirklich, wie hältst du das nur mit ihm aus? Ich verbringe schon viel Zeit mit ihm, bin aber auch froh, wenn ich ihn wieder los bin und er mich mal einen Tag in Ruhe lässt«, wendet sich Carlos mit seinem schweren Akzent an mich und kommentiert damit das Ende einer Geschichte darüber, wie Alejandro alle seine Männer einen ganzen Tag hat schuften lassen, da wegen eines Fehlers Ware verloren gegangen ist. Er hat sie nicht einen Moment aus den Augen gelassen und brüllte einen Befehl nach dem anderen, was darin endete, dass er heiser war und sie die nächsten Tage mit Schweigen strafte. Aus Erfahrung weiß ich, dass diese Stille schlimmer ist, denn die Blicke, die er einem entgegenbringt, lassen das Blut in den Adern gefrieren und man weiß, dass man schlicht und einfach in seiner Ungnade steht. Dass Carlos niemals diesen Ausdruck in seinen Augen ernten wird, liegt vermutlich daran, dass sie sich so lange kennen und er einer der wenigen ist, der ihm Paroli bieten kann. Ich als seine Frau hingegen bekomme ihn öfters zu Gesicht, kann mit ihm umgehen und weiß was, ich, tun kann um ihn milde zu stimmen.

Vornehmlich kaue ich meinen Bissen zu Ende, nehme noch einen Schluck Wein, richte meinen Kopf in seine Richtung und antworte ihm schlagfertig.

»Ich denke, der heutige Anlass demonstriert sehr gut, dass ich es mit meinem Ehemann mehr als nur aushalte. Wenn der Vorfall doch eines beweist, dann, dass er gerecht und fair ist. Einer baut Mist aber statt diesen zu bestrafen und so zu zeigen, dass andere mit ihrem Fehlverhalten davonkommen oder gar einen Fehler initiieren, um denjenigen zu schaden, behandelt er alle gleich. Stärkt den Zusammenhalt, so hat jeder ein Auge auf den anderen und verhindert das erneute Fehlverhalten aller. Und wenn du mich fragst, macht ihn das doch zu jemandem, dem man gern seine Zeit schenkt.« Das sollte ihm subtil aber direkt aufzeigen, was ich von seiner Anspielung, Alejandro wäre ein Märtyrer, halte.

»Ouch«, Autsch, stößt der Mann neben Carlos aus und versucht sein Lächeln beim Nippen an seiner Flasche zu verstecken.

Ich habe diesen Mann noch nie gesehen, er muss aber einen gewissen Einfluss haben, um einen Platz an diesem Tisch und direkt neben Carlos zu sitzen.

Meine Neugier ist geweckt und ich schaue ihn mir genauer an. Er hat dunkle Haare, die gut geschnitten und mit Gel ordentlich zur Seite gekämmt sind. Das Hemd, das er trägt, sitzt stramm über seiner Haut, zeigt eindrucksvoll seinen Körperbau und die offen stehenden Knöpfe verraten, dass er viel Zeit draußen verbringt. Ein wirklich hübscher Mann, den ich auf mitte Dreißig schätze und eine Aura ausströmt, die einem genau wie bei Alejandro, sofort verrät, dass man mit jemandem wie ihn zwar Pferde stehlen kann, diese aber für einen Schlachthof sind und nicht für den romantischen Ausflug bei untergehender Sonne.

»Halt die Klappe, Ismael«, flucht Carlos in seine Richtung und erntet so Gelächter von den Anwesenden.

Eine Hand legt sich in meinen Nacken, streichelt ihn und ich wende meinen Kopf zum Besitzer.

»Nach all den Jahren unterschätzt du meine Ehefrau noch immer. Sie ist nicht nur hübsch, sie hat auch etwas im Kopf … Ihr solltet ihre Worte verinnerlichen und immer daran denken«, wendet Alejandro seine Worte an die Anwesenden, während er mich keinen Augenblick aus den Augen lässt und seine dunklen Iriden Stolz versprühen. Meine Brust wird warm, Hitze sammelt sich unter meiner Haut und bei seiner Aussage tanzen die Endorphine in meinem Körper um die Wette.

Ich habe ihn stolz gemacht, habe ihm wieder bewiesen, was ich alles kann und wie gut ich ihn verstehe und zu ihm passe.

Ismael

4 Jahre - 6 Monate - 21 Tage

Nicht den Kopf verlieren.
Nicht überstürzt handeln.

Und auf keinen Fall jetzt alles ruinieren und auffliegen, hallt das Mantra den ganzen Rückweg vom Anwesen in meinem Kopf wider.

Unglaublich, dass Victoria noch lebt, nach all den Jahren, wie viele sind es jetzt? Ich erinnere mich noch gut an das Bild von ihr, das landesweit in den Nachrichten auftauchte und die rote Banderole, die alle Fakten in Dauerschleife am unteren Bildschirm einblendete. Victoria Brown, Tochter von Bürgermeister Brown, 13 Jahre, blonde Haare, grüne Augen, trug bei ihrem Verschwinden die Schuluniform und wurde zuletzt auf dem Weg zum Parkplatz gesehen.

Angeblich gab es keine Lösegeldforderung, keinerlei Anhaltspunkte, wer sie hat und warum. Nach Monaten wurde die Suche eingestellt und schließlich waren andere Schlagzeilen sehenswerter. Irgendwann war sie einfach eines der unzähligen Kinderbilder, die auf Milchpackungen gedruckt werden und uns täglich daran erinnern sollten, die Augen offen zu halten und eigentlich doch von niemandem beachtet werden.

Anscheinend geht es ihr aber gut, sie sah gesund aus,

wunderschön sogar und die Art, wie sie Carlos subtil, aber schlagfertig geantwortet hat, war unbezahlbar. Noch jetzt sitzt er griesgrämig neben mir und murmelt vor sich hin.

»So nachtragend?«, sage ich belustigt und halte meinen Blick weiter auf die Straße. Er gibt ein verächtliches Schnauben von sich, ehe er antwortet: »Die Kleine gefällt mir besser, wenn sie keine Worte von sich gibt.«

»Du siehst sie öfter?«, versuche ich an mehr Informationen zu kommen, ohne es zu auffällig wirken zu lassen.

»Seit sie bei Alejandro ist … Wobei ich sagen muss, am Anfang sah sie nicht wie der Edelstein aus, der sie heute ist und normalerweise macht sie sich rar, wenn Leute auf dem Anwesen sind«, gibt er von sich und ich höre eine gewisse Genugtuung in seiner Stimme. Interessant, mal sehen, was er ausplaudert, wenn ich gezielter bin.

»Sie ist wirklich schön. Und jung, oder? Wie alt ist sie genau?«

»Ha! Lass dich von ihrem Äußeren nicht einlullen, nichts, was Alejandro besitzt, ist ohne Wert und sollte er sie wirklich schwängern, bindet es sie nur noch mehr an ihn. Sie ist vor kurzem 28 geworden und hat das beste Alter, um starke Erben zu kriegen.« Heiliger, 15 Jahre ist sie schon verschwunden. Was sie wohl alles durchgemacht hat? Wie viel musste sie ertragen und was haben sie mit ihr angestellt, dass sie so entspannt wirkt, als wäre sie freiwillig seine Gefangene?

»Es sah aus, als wäre sie freiwillig da.«

»Oh, das ist sie, Amigo. Alejandro ist nicht ohne Grund an der Spitze. Er hat einen klugen Kopf und es täte dir gut, ihm gegenüber nicht so neugierig zu sein ... Das hat anderen schon ein oder zwei Gliedmaßen gekostet.« Das ist jetzt Carlos nicht ganz so subtile Art mir zu sagen, dass ich besser die Klappe halten sollte. Ich nicke ihm zu, fahre weiter in Richtung seines Hauses und verfange mich wieder in meinen eigenen Gedanken.

Ich sollte einige Tage die Füße stillhalten, vielleicht sogar Wochen? Sobald der alltägliche Trubel wieder rollt und ich mit Gewissheit sagen kann, dass sie mir so weit trauen, besorge ich mir ein Smartphone mit schlichter Sim-Karte. Dann suche ich mir einen vollen Ort, vielleicht den Markt? Es muss laut sein, für den Fall, dass sie mich verwanzt haben, und voll, falls sie mich beschatten, sonst kann ich die Zahlen nicht wählen, die mir in der Ausbildung in den Schädel graviert wurden. Diese Nummer ist nur ein Anrufbeantworter, ohne Ansage, ich werde nur einen lauten Piep hören und spreche dann eine Art Bestellung darauf. Sowas wie, die Lieferadresse meiner Bestellung würde ich gerne ändern, und anschließend eine Mail Adresse mit der sie mich kontaktieren können. Dann beginnen sich die Zahnräder zu drehen, ich müsste herausfinden, wann Alejandro Martínez sich auf dem Anwesen befindet und sie würden eine ferngesteuerte Drohne schicken, die es dem Erdboden gleich macht. Ich muss nur dafür sorgen, dass Victoria dann an meiner Seite ist und wir gemeinsam in Sicherheit, nach Hause, gebracht werden. Und das ist die größere Herausforderung, denn auf das Anwesen kommt man nicht einfach so.

Ohne Aufsehen zu erregen, habe ich mir angesehen, wie hoch die Sicherheitsvorkehrungen sind und die sind gigantisch. Eine Mauer umsäumt das Gelände, unzählige Kameras sind darauf befestigt und um auch jeden toten Winkel auszumerzen, stehen Wachen auf den schwachen Punkten. Die beste Chance rein und raus zu kommen, ist über die Einfahrt, durch das bewachte Tor, den gepflegten Garten direkt zum Eingang. Allerdings ist das auch eine Selbstmordaktion, denn wie erwähnt, ohne triftigen Grund kommt man nicht auf das Anwesen. Ich muss mir einen guten Plan ausarbeiten, präzise wissen, wann ich zuschlagen kann und Victoria retten.

Ich bleibe vor einem der Freudenhäuser, die zu unserer Organisation gehören, stehen, warte bis Carlos seinen Körper aus dem Auto bewegt und will gleich wieder los, in meine eigenen vier Wände. Allerdings macht er keine Anstalten, die Tür zu schließen, wirft mir einen auffordernden Blick zu, der bedeutet, komm.

Geschlagen schalte ich den Wagen aus, öffne meine Tür und schlage sie gleichzeitig mit ihm zu.

Nicht mehr lange, spreche ich mir gut zu, denn gleich werde ich wieder eine Tat vollbringen, von der ich früher noch Alpträume hatte und die heute kein Problem mehr darstellt, meinen Schwanz in jemanden zu stecken, der dazu gezwungen wird.

Ich bin widerlich.

Victoria

»Toxic when you wash over me, Feel your pressure of your skin beneath the sheets« - Emmit Fenn

»Du warst heute Abend bezaubernd, mein Liebling«, flüstert Alejandro in mein Ohr, während er seinen Körper an meinen Rücken presst und den Reißverschluss meines Kleides öffnet.

Sein warmer Atem tanzt über meinen Nacken, verschafft mir eine Gänsehaut und lässt gleichzeitig die Hitze in meinem Körper frei. Seine Finger streichen mir, den seidigen Stoff von den Schultern, über die Hüften und sein Mund legt sich auf meinen Hals. Seine weichen Lippen streichen über meine Haut, hinterlassen süße Sehnsucht auf mehr, entflammen die Glut in mir und ich drehe mich in seinen Armen um. Meine Hände legen sich an seinen Haaransatz, ziehen ihn zu mir herunter und ich küsse ihn mit all meiner Liebe.

Der ganze Tag war einfach perfekt, von der Begrüßung heute Morgen, über die Beauty-Behandlung, bis hin zum fantastischen Essen und dabei war er immer an meiner Seite. Seine Aufmerksamkeit lag einzig und allein auf mir, seine Augen haben alles gesehen und jede kleine nicht ganz perfekte Situation ausgeglichen. Wie beim Abendessen, als ich mich hinsetzte und meine geschundene Kehrseite in Schmerzen aufflammte. Hat er ein Kissen besorgt, sich um mich und meine Bedürfnisse gekümmert und um den Schaden, den er die Nacht davor angerichtet hat.

Seine Zunge stupst gegen meine Lippen und lenkt mich von dem düsteren Weg zur Erinnerung an gestern. Ich öffne ihm bereitwillig meinen Mund, heiße ihn willkommen, schmecke den schweren Wein vom Abendessen mit der Süße des Desserts. Berauschend. Seine Handflächen fahren zu meinem Geschlecht, das alleine durch seine Anwesenheit feucht ist. Finger teilen meine Schamlippen und fahren sanft hin und her, verteilen die Flüssigkeit und fahren nach ihrem neckenden Spiel endlich in meine Öffnung. Meine inneren Wände protestieren, wehren sich gegen das erneute Eindringen und senden Schmerzimpulse statt Lust.

»Liebling«, stoße ich atemlos hervor, was er als Einladung versteht, den Rhythmus zu erhöhen. Ein leidendes Wimmern ertönt bei seinem nächsten Fingerstoß und meine Beine geben nach. Er fängt mich auf, ein lüsternes Lächeln auf seinen Lippen, weil er denkt, es wäre aus Leidenschaft passiert und erkennt nicht das Gegenteil.

»Ich bin etwas wund«, erkläre ich meinen Schwächeanfall und hoffe so auf seine Sanftheit. Wenn ich an ihn appelliere und sage, dass ich Schmerzen habe, weiß ich aus Erfahrung, dass er sich nicht daran stört. Sollte ich damit in den 13 Jahren, die ich bei ihm bin, doch genug Erfahrung haben und wenn die nicht reichen, dann die 2 Jahre Gefangenschaft im Menschenhandel.

Er schiebt mich zur Kante unseres Bettes, umfasst mein Gesicht mit seinen Händen und sieht eindringlich auf mich herab.

»Vikki, du musst mir sagen, wenn du Schmerzen hast … Du weißt, ich will dir nicht wehtun. Die letzten Tage ist wohl meine Leidenschaft zu dir etwas über die Grenzen gegangen, hier … leg dich hin«, spricht er auf mich ein, platziert mich am Ende des Bettes und drückt meinen Oberkörper zurück, sodass ich auf der Tagesdecke liege. Er umgreift meine Knöchel, stellt sie auf und spreizt meine Beine. Er wandert mit seinen Händen über die Oberschenkel, streicht über meinen Bauch, liebkost meine Brüste und legt sie anschließend neben meinen Kopf, sein schönes Gesicht direkt über meinem.

»Genieß es, mein Diamant«, flüstert er an meinen Lippen und versiegelt sie mit einem Kuss, der mir unendliche Wonne verspricht.

Seine Zunge leckt sich ihren Weg zu meiner Mitte, hinterlässt dabei eine Spur aus Feuchtigkeit, die meine nun wieder erhitzte Haut kühlt. Von meinem Venushügel bis zu meiner Öffnung arbeitet sich seine Zunge gezielt durch meine Schamlippen, öffnet mich erneut für ihn und das Gefühl ist so berauschend, dass ich mich entspannter in das Laken fallen lasse und lustvoll aufstöhne. Sein nasser Muskel fährt in meine wunde Öffnung und dieses Mal tut seine Leidenschaft nicht weh, sie lässt mich entflammen und brennt für ihn. Sein Daumen legt sich auf meinen Kitzler und er beginnt mit ihm zu kreisen, drückt in der perfekten

Stärke darauf und meine Augen schließen sich, überwältigt von dem Gefühl. Schweiß legt sich auf meinen Körper, meine Atmung rast im selben Takt wie mein Puls und wie von selbst klammern sich meine Hände in seine Haare. Ich will ihn näher haben, er soll nicht aufhören, nur noch ein klein wenig länger, dann löst sich der Druck. Meine Hüften beginnen ihm und seiner Zunge entgegenzukommen. Bestimmend ziehe ich an seinen Strähnen, halte ihn an Ort und stelle, während ich schneller werde. Die Welle in meinem Inneren beginnt sich zu brechen, flutet meinen Unterleib mit Erlösung und das Brummen an meinem zuckenden Fleisch vibriert bis in meine Fußspitzen. Alejandro lässt nicht eine Sekunde von mir ab, versenkt seine Zunge weiter in mir und reibt so verdammt gut meine Klit. Minutenlang rauscht der Orgasmus durch mein System und füllt meinen Körper mit Endorphinen, die einen wahren Rausch hinterlassen.

Als auch die letzten Zuckungen abgeebbt sind, lässt er von meinem nun sensiblen Punkt ab und legt sich wieder über meinen Körper, dabei presst sich sein hartes Glied an meinen Unterleib. Seine Lippen glänzen von meinem Saft, wirken so noch einladender, sie zu küssen und ich tue es. Schmecke meinen salzigen Geschmack auf seiner Zunge. Meine Hände legen sich auf seine Schultern, schieben ihn sanft von mir und ich richte mich in eine sitzende Position auf. Verwirrt schaut er mich an, aber ich erkläre mich nicht, stehe einfach auf und tausche mit ihm den Platz. Jetzt sitzt er auf der Kante, noch voll bekleidet und ich knie mich zwischen seine Beine.

Mit geübten Fingern öffne ich seinen Gürtel, den Knopf und ziehe den Reißverschluss hinunter, um seine Härte zu befreien. Durch meine Wimpern schaue ich zu ihm auf, versichere mich, dass mein Handeln okay ist und sehe, wie er auf seine Ellbogen gestützt zu mir runter blickt.

»Mach weiter, Liebling, nimm meinen Schwanz in den Mund«, antwortet er mit tiefer Stimme auf meine stumme Frage. Ich beginne damit mit meiner Zunge von seinen Hoden, über die dicke Ader bis zu seiner Spitze zu lecken. Sammle meinen Speichel, lasse ihn auf den Schlitz tropfen und schließe meinen Mund über seine Eichel. Tief nehme ich ihn in mir auf, lasse meine Nase seinen Unterleib berühren und verharren einen Moment in der Position, denn ich weiß, er liebt es, sich in meinem Rachen zu versenken. Nicht mehr an sich halten können, greift er nach meinen Händen, die ich stützend auf seinen Oberschenkeln abgelegt habe, und zieht sie auf seine Brust, wo er sie mit einer Hand zusammenhält. Die andere greift in mein Haar, hebt meinen Kopf ein Stück an und beginnt dann seinen Rhythmus zu finden. Immer wieder treibt er sich in mich, dabei ist das einzige, was ich tun kann, meinen Hals zu entspannen und kräftig zu saugen, wenn er aus mir gleitet. Er flucht, stößt hervor, wie gut sich mein Mund anfühlt, und dass er ihn mit seinem Samen füllen wird. Die derben Worte treiben meine schmerzenden Wangen an, weiter zu machen und nicht aufzuhören an ihm zu saugen. Sein Glied schwillt in meiner Mundhöhle an, wird dicker, heißer und schließlich flutet sein Erguss meinen Rachen. Mühsam versuche ich zu schlucken, während er meinen Hals ausfüllt und meine Lungen immer mehr nach Sauerstoff schreien. Mit einem letzten wohligen Stöhnen lässt er meine Hände frei, nimmt die andere aus meinen zerzausten Strähnen und ringt um Atem. Auf allen vieren krabbele ich zu ihm auf das Bett, lege mich neben ihn und schaue sein Schweiß bedecktes Gesicht an.

Er dreht seinen Kopf in meine Richtung, ein schiefes Lächeln auf den Lippen und das postkoitale Glänzen in den Augen. Er ist so wunderschön.

»So macht man keine Babys«, gibt er amüsiert von sich und streicht eine Strähne aus meinem Gesicht.

»Ich brauche und will keine Kinder, Alejandro. Nur dich und du musst zugeben, dass das gerade echt gut war«, versuche ich im gleichen Ton wie er meine Einstellung zu vermitteln und hoffe, dass meine Aussage nicht die Stimmung umschlagen lässt.

»In meiner Planung wollen und brauchen wir sie. Ich kümmere mich morgen darum, einen Arzt zu finden, der dich genau untersucht und uns sagen kann, wie bald wir mit Nachwuchs rechnen können«, untergräbt er meinen Willen, erhebt sich um seine restliche Kleidung abzulegen, löscht das Licht und legt sich anschließend unter die Decke. Seine Art zu zeigen, dass für ihn das Thema beendet ist und kein weiteres Wort darüber verloren wird, weil er es beschlossen hat.

Sieht so aus, als müsste ich Esmeralda um einen großen Gefallen bitten.

Ismael

4 Jahre - 7 Monate - 22 Tage

Einen ganzen Monat bereite ich schon meine Tarnung für den Anruf vor. Kümmere mich freiwillig um die Angelegenheiten in der Stadt, suche die Dealer auf, verteile den Stoff an die Zulieferer, erledige Konkurrenten und besuche Abends verschiedene Bars, in denen ich meinen Tag ausklingen lasse. Alles, um am Ende nicht aufzufliegen.

Trotz der guten Vorbereitung bin ich nicht ein Stück weiter, was die Rettung von Victoria betrifft.

Stundenlang habe ich im Bett gelegen, alle möglichen Szenarien durchgespielt, aber keine Lösung gefunden. Alleine werde ich es nicht schaffen, ich brauche Hilfe, ein ganzes Team, das mir hilft oder diese Aufgabe übernimmt und Victoria aus den Fängen von Alejandro Martínez befreit. Wichtig also, dass ich weiterhin an meiner neuen Gewohnheit arbeite, alles sorgfältig vorbereite und so viele Informationen sammle, wie ich kann.

»Du ziehst wieder los?«, ertönt die Stimme des Schmierlappens Carlos, der gerade das Lager betritt und mich etwas überrascht. Um diese Uhrzeit, am frühen Nachmittag, steht er eigentlich erst auf, verabschiedet oder scheucht seine Begleitung des Morgens weg und braucht bis zum Abend, dass er ansprechbar und bereit ist, die Arbeiten an die Leute zu delegieren. Wie zum Beispiel an mich, mein Auftrag ist es, die Verteilung unserer Waren an verschiedene Leute zu delegieren, sie zu verwalten und am wichtigsten, deren reibungslose Abwicklung zu überwachen. Dafür muss ich nicht selbst tätig werden, ein paar Bauern reichen und ich setze mein Leben nicht selbst aufs Spiel von der Konkurrenz abgeknallt zu werden. Erklärt auch warum Carlos mich fragt, ob ich losziehe, sollte ich als seine rechte Hand doch besser am Leben bleiben und ihm noch lange erhalten bleiben.

»Aus dem Bett gefallen?«, stelle ich ihm eine Gegenfrage und weiche seiner aus.

»Eine Notwendigkeit. Amigo, warum übernimmst du die Arbeit selbst?« Warum kümmerst du dich nicht um deinen eigenen Scheiß, blaffe ich ihm innerlich entgehen.

»Weil wir Präsenz zeigen müssen«, antworte ich ihm mit meinen schon lang zurecht gelegten Worten und weiß auch schon, was er darauf antworten wird.

»So einen Schwachsinn habe ich noch nie gehört. Es lief auch vorher, gib die Ware einem der anderen Lieferanten und kümmer dich um wichtigeres.« Exakt das, was ich vorhergesehen habe. Dieser Idiot hat die Intelligenz eines Gorillas, den ganzen Tag faul rumsitzen und wenn jemand seinen Harem angreift, wird er wild. Das aber mit Präzision, anders kann ich mir nicht erklären, wie Martínez ihn zu seiner rechten Hand machen konnte.

»Er hat recht, Carlos, lass ihn seine Arbeit machen«, fegt es auf spanisch über unsere Köpfe hinweg durch das Lager, was mich versteifen lässt und ich mich ruckartig zu der

Person umdrehe.

Alejandro Martínez steht aufrecht mit verschränkten Armen im oberen Stock, wo sich die Büroräume befinden sowie die Abpackstation. Die Station hat Martínez auch schlau nach oben verlegt, denn beim Fall eines Angriffs wird oft wahllos durch die dünnen Metallwände geschossen und könnten so das Produkt verunreinigen oder zerstören. Im ersten Stock geschieht das nicht so schnell. Und keiner kommt die Treppe herunter, ohne dass man gesehen wird, das weiß jeder, also hat er keine Probleme, was den Diebstahl innerhalb des Abpackungsprozesses betrifft. Ich gebe es ungern zu, aber Martínez ist wirklich ein kluger Kopf, was nur einmal mehr beweist, warum wir so schwer an ihn rankommen und es mich so viele Jahre gekostet hat, ihn überhaupt zu treffen. Apropos.

»Seine Arbeit besteht darin, alles zu überwachen, das kann er schlecht, wenn er unterwegs ist … Und was machst du hier? Habe ich was verpasst?«, mault Carlos den Mann über uns an, dessen Lippen zu einem süffisanten Grinsen verzogen sind.

»Ismael, richtig?«, ignoriert er seine rechte Hand vollkommen und wendet seinen stechenden dunklen Blick auf mich. Der Umstand, dass Martínez, der sonst nie zu so trivialen Orten kommt, hier ist, verunsichert mich und setzt ein ungutes Gefühl in meinen Magen. Könnte es sein, dass ich doch nicht so unerkannt gearbeitet habe wie gedacht? Vermutet er etwas? Das wären durchaus Gründe für sein Auftauchen, schließlich stehe ich in der Rangordnung direkt unter

Carlos und mein Wort hat Gewicht, sollte er auch nur einen Funken Misstrauen gegen mich haben, kann ich mir sicher sein, gleich eine ordentliche Ladung Blei in meinen Schädel zu bekommen.

Ich erwidere sein Starren und nicke ihm zu, dass er meinen Namen richtig genannt hat.

»Du hast die Richtige Denkweise, erklär doch unserem talentierten Carlos hier, was du mit Präsenz zeigen meinst.«

»Unsere Untermänner werden gerne mal von der Straße gepustet, ohne dass es groß Aufsehen erregt. Wenn wir allerdings mehr Präsenz zeigen und ein wachsames Auge auf unsere Umgebung werfen, erkennen wir die Gefahr eher, können sie sofort ausschalten und unsere Konkurrenz überlegt es sich zweimal, ob sie jemanden in das Gebiet schicken, da sich ja einer von uns dort aufhalten könnte.«

»Oder sie schicken aus genau diesem Grund jemanden hin. Deswegen machen das die Neulinge«, kontert Carlos meine Aussage, richtet seinen wütenden Blick auf mich und kommt mit donnernden Schritten auf mich zu. Seine Hand greift an die Tasche vor mir auf dem Tisch, die schon bestückt mit Ware ist und eigentlich gleich von mir verteilt werden sollte. Wütend reist er sie an sich, schleudert sie dem nächst dahergelaufenen in die Arme und pfeffert ein ordentliches, Zieh los und verteil es, hinterher. Der arme Junge, vielleicht gerade 17 Jahre, starrt ihn erst ängstlich entgegen, ehe er auf dem Absatz kehrt macht und durch den Ausgang verschwindet.

Die Atmosphäre wird dick, lädt sich mit Spannung auf

und lässt das großzügige Lager auf Kartongröße schrumpfen. Das Geräusch von Schuhen, die auf Metall treffen, hallt gefährlich zu uns runter und signalisiert, dass Martínez auf dem Weg zu uns ist. Seine Sohlen verkünden schon seinen Unmut, lassen alle Leute um uns herum wie die Kakerlaken in ihre Löcher verschwinden und wollen nicht im Kreuzfeuer seines Zornes stehen. Am Fußende angekommen trifft sein Blick direkt auf meinen, hält ihn, während er sich auf mich zubewegt.

»Wir machen einen Ausflug«, verkündet er, als er direkt an mir und dem wütenden Carlos vorbei und Richtung Ausgang geht. Ohne zu zögern folgen wir ihm, treten hinaus und werden vom grellen Licht der Sonne geblendet.

Martínez steht vor seinem polierten Wagen, um ihn herum ist das Verkehrschaos in vollem Gange und überall ertönen laute Motoren, Hupen und das Fluchen der Fahrer. Er wirft den Schlüssel zu Carlos, der genauso verwirrt wie ich scheint, sich aber schnell fängt, das Auto umrundet und einsteigt. Alejandro öffnet die Hintertür, lädt mich mit einer Geste seiner Hand ein einzusteigen und wartet bis ich ihr nachgekommen bin. Sobald wir beide auf der Rückbank Platz genommen haben, startet Carlos den Verbrenner, mein Sitznachbar schließt seine Tür und der Wagen wird auffällig still.

Es muss eine Sonderanfertigung sein, denn außer einem leisen Brummen vom Motor dringt keines, der für eine Millionenstadt normalen Verkehrsgeräusche, zu uns hinein. Bedrückend fühlt sich die Stille an, lässt meinen Körper in Bereitschaft verspannen und achtsam für jede kleine Bewegung werden.

»Wohin?«, fragt Carlos vom Fahrersitz aus, wirft uns durch den Rückspiegel seinen Blick entgegen und wartet auf Anweisungen.

»Welches Gebiet hättest du heute angefahren, Ismael?«

»Acht.«

»Hm … Was ein Zufall, das liegt tatsächlich auf unserem Weg. Carlos, fahr durch und anschließend geht es zur Spielhalle«, verkündet er unser Fahrtziel, wobei ich nichts von einer Spielhalle weiß und dieser Umstand mich weiter anspannen lässt. Die Stille lässt meine Gedanken rasen, um mich abzulenken, schaue ich aus dem Fenster, was mich verstört, denn dort sind so viele Menschen und man hört nichts von ihnen im Inneren.

»Wie kommt es, dass du Spanisch sprichst?«, wendet er sich nach einer stillen Ewigkeit an mich und lenkt meinen Blick auf ihn zurück.

»Seine Mutter war eine von den Frauen, die nach ihrer Verschiffung hierher nutzlos für den Handel geworden sind. Sie wurde in eines der Häuser am Stadtrand gebracht und schafft als Hure an«, mischt sich Carlos vom Fahrersitze ein, erzählt von meiner Mutter, die eine der mexikanischen Frauen war, die wegen des Menschenhandels nach Afrika verfrachtet wurden und wie so viele Schicksale während der Überfahrt, beschädigt wurde, so nennen sie es zumindest. Diese Frauen können nicht mehr verkauft werden, dank ihrer Schönheitsmakel, da spreche ich nicht von blauen Flecken, gebrochenen Knochen oder möglichen Krankheiten, die mit etwas Zeit verheilen oder kuriert werden können. Nein, es sind Narben, fehlende Gliedmaßen, die ihren Körper verunstalten, den Wert mindern und sie nur noch gut genug für Freier sind. Denn denen sind diese auffälligen Male egal, sie wollen nur das eine, ihre Schwänze in eine dafür geeignete Körperöffnung stecken und den Trieben freien Lauf lassen.

Meine Mimik passt sich der Situation blitzschnell an und verzieht sich zu einem wütenden Ausdruck, denn das wäre jede normale Reaktion von jemandem, wenn einer so über die eigene Mutter spricht. Carlos bekommt ihn an den Hinterkopf geworfen, zur Untermalung ballen sich meine Hände zu fäusten und ohne einen Kommentar wende ich meinen Kopf wieder Richtung Fenster und starre hinaus.

»Mein Freund, ein bisschen mehr Feingefühl … Du sprichst von seiner Mutter. Egal welchen Job sie nachgeht, sie hat ihm das Leben geschenkt, die Umstände sind, wie ich sagen muss, unpassend, aber Ismael, auf mich wirkt es, als hätte sie einen guten Mann herangezogen«, versucht Martínez, Carlos Manieren beizubringen und die Situation etwas zu entschärfen. Wenn ich nicht wüsste, was für ein abgrundtiefes Monster er ist, würde ich die Geste als nett empfinden, vermutlich ist das seine Masche einen guten Eindruck zu vermitteln, in dem er als Freund von einem auftritt, aber er kann mich nicht täuschen, was ich mir aber nicht anmerken lasse und ihm einen kurzen Seitenblick der Dankbarkeit schenke, gefolgt von einem Nicken, das seine Aussage, meine Mutter wäre die beste Frau der Welt, zustimmt.

»Fahr hier etwas langsamer Carlos, sie sollen dein Gesicht sehen. Wir steigen zwar nicht aus, aber es wird sich rumsprechen, dass du in der Gegend warst und Ismaels Arbeit ist nicht ganz für die Hunde«, weißt er unseren Fahrer an, als wir durch den Bezirk Acht fahren, zudem ich eigentlich heute Aufbrechen wollte um den Markt zu umrunden und gegebenenfalls eine gute Ausgangsposition für den Anruf schaffen.

Wir fahren noch etwa zwanzig Minuten weiter, ehe wir vor einem Lagerhaus im Industriegebiet halten und Carlos den Motor ausstellt. Zeitgleich öffnen beide ihre Türen, steigen aus, was ich ihnen schnell gleichtue und ihnen in die schwüle Hitze folge. Gemeinsam schreiten wir durch die Metalltür an der Aussenseite, gehen in das kühle Innere und werden von Männern begrüßt, die ich schon bei so vielen Aufträgen gesehen habe und weiß, dass sie genauso abgefucked sind, wie ich es sein muss, um nicht aufzufliegen.

»Hat er was gesagt?«, wendet sich Martínez an den Erstbesten, seine Körperhaltung strahlt wieder diese Macht aus und sein Gegenüber reagiert unterwürfig darauf. Wird kleiner, zieht die Schultern etwas hoch und beginnt schnell zu sprechen, was zu Stottern führt.

»N-nein … Er schweigt hartn-näckig.«

»Carlos, hol mir meine Tasche aus dem Auto, ich kümmere mich selbst darum«, beachtet er den Mann vor ihm nicht mehr, wendet sich an seine rechte Hand und geht voran in die Mitte des Lagers. Ich folge ihm interessiert, während Carlos mit einem irren Grinsen an uns vorbei und wieder hinausgeht. Hinter einer Trennwand kommen Container zum Vorschein, unzählige stapeln sich übereinander und füllen den Raum vom Boden bis zur Decke aus. Nur ganz in der Mitte steht ein Einzelner, dessen Türen offenstehen und Licht aus ihm scheint. Martínez hält direkt auf diesen zu, bleibt kurz am Eingang stehen und legt einen vernichtenden Blick auf, als er sieht, was sich darin befindet. Neugierig stelle ich mich an seine Seite, lege eine unlesbare Maske über mein Gesicht und hätte sie fast verloren, als ich den blutenden Mann auf dem Stuhl entdecke.

Sein Gesicht ist angeschwollen, aus mehreren Platzwunden fließt Blut über sein Gesicht und dem beißenden Geruch nach zu urteilen, der mir aus dem Inneren entgegen strömt, hat er sich nicht nur eingenässt, was mir die pfütze zu seinen Füßen verrät.

»Sauber machen und hängt ihn anschließen auf«, befiehlt Alejandro, bleibt standhaft am selben Punkt stehen und die Kakerlaken machen sich an die Arbeit den Mann vom Stuhl zu hieven, ihn an die oberen Ösen des Containers zu binden und wischen den Urin vom Boden. Gleichzeitig schleppt jemand einen kleinen Tisch hinein, den er direkt vor dem Mann platziert und zusieht, nach getaner Arbeit den Raum zu verlassen. Plötzlich geht Carlos an uns vorbei, hält auf den Tisch zu, legt dort eine lederne Rolle ab und anschließend kommt er zu uns. Martínez setzt sich in Bewegung, greift an die Rolle und öffnet sich durch das Ziehen an einem Band und gibt den Blick auf Messer, Zangen und Skalpelle frei. Folterwerkzeug.

»Schau dir das an, Amigo. Du wirst Zeuge eines Meisters bei seiner Arbeit, Alejandro legt nicht mehr oft Hand an, heute scheint er gut gelaunt zu sein«, flüstert mir die rechte Hand des Monsters zu und am liebsten würde ich ihm eins in die Fresse schlagen, um meiner Wut, über die kranken Bastarde für die Foltern ein erheiterndes Hobby ist, loszuwerden.

Ein Schrei zieht mich aus meinen zornigen Gedanken, sorgt dafür, dass ich meinen Fokus auf das Geschehen lenke und erkenne, dass der Mann, der von der Decke baumelt, aufgewacht ist. Die Hand von Martínez hat sich um das Gesicht des Namenlosen gelegt und drückt in eine der offenen Wunden, was ihn wohl schmerzhaft geweckt hat. Sobald er mit dem Schreien aufhört, öffnen sich seine geschwollenen Augen und als er sein Gegenüber erkennt, füllen sie sich mit Panik und er beginnt sich in den Seilen zu winden.

»Sag mir wo sie sind?«, kommt es gefährlich ruhig von Martínez, jedoch strotzt seine Aussage nur so vor purer Gewalt und lässt keinen Zweifel daran, dass er Unheil verbreiten wird, sollte nicht die richtige Antwort kommen.

»Ich weiß es nicht«, antwortet der Dummkopf viel zu schnell. Wenn man schon oft Antworten aus jemanden holen musste, lernt man die kleinen aber feinen Merkmale, auf die man achten muss, zu erkennen. Das Zucken eines Mundwinkels, die Reaktion der Pupillen oder das schnelle

Antworten auf Fragen, sind Beispiele, wie man einer Lüge auf die Schliche kommt oder erkennt, dass derjenige mehr weiß als er zugibt.

»Idiot«, murmel ich vor mich hin, war aber nicht so leise wie gedacht, denn das Monster dreht seinen Kopf zu mir und grinst mich über seine Schulter hinweg an.

»Genau«, richtet er das Wort an mich und dreht sich dann wieder zu seinem Opfer »Falsche Antwort, Idiot.« Er greift nach einem der längeren Messer, umrundet ihn und bleibt an seinem Rücken stehen, konzentriert hebt er seine Hände und beginnt Schnitte zu führen, die ich nicht erkennen kann und erst beim Fallen des Stoffes bemerke, dass er lediglich das Hemd vom Körper geholt hat. Er nimmt einen Schritt Abstand, schaut auf die Haut, die nun vor ihm liegt, als würde er wie ein Maler eine leere Leinwand sehen und auf Inspiration warten. Unfassbar. Seine Augen wandern zu mir, sehen mich an, aber ich zeige meine Abscheu nicht und halte ihm stand. Er bedeutet mir mit einem Nicken, dass ich zu ihm kommen soll und ich komme seiner Forderung nach. Nicht weil ich nachgebe, sondern weil da ein irres Monster steht mit seinem Spielzeug und ich nicht lebensmüde bin, um genau in diesem Moment seinen Zorn auf mich zu richten.

»Stell dich dahin, seh, was ich sehe, Ismael und lass dich inspirieren«, verkündet er und tritt an den Mann heran. Seine Hand mit dem Messer hebt sich, wandert zum Schulterblatt und bleibt an einer kleinen unscheinbaren Erhebung unter der Haut stehen. Ein minimaler Schnitt, wenig Blut tritt hervor und erst, als er auf die Haut drückt, sehe ich, wie etwas Silbernes, rot verschmiertes aus ihr hervorkommt. Kurz fährt er mit seinen Fingern darüber, ehe er es mir entgegenhält und seine Augen dunkel zu funkeln beginnen.

»Ismael, ich muss dich um einen Gefallen bitten, komm«, sagt er viel zu ruhig, umrundet sein Opfer, legt das Messer auf den Tisch ab und verlässt den Container. Wir entfernen uns einige Schritte, mit Carlos, der uns gefolgt ist, und zusammen stellen wir uns im Kreis auf.

»Das hier bedeutet Ärger«, wendet er sich an uns, hält den kleinen Sender in die Höhe, dass auch Carlos ihn sehen kann und schließt dann seine Faust darum. Die Mine seiner rechten Hand verdunkelt sich, verzieht sich aus Wut und gleicht einer Fratze.

»Dieser P…«, setzt er an, wird aber von Martínez unterbrochen.

»Ismael, nimm bitte meinen Wagen und fahr zu meinem Anwesen. Unterwegs verlierst du was«, deutet er auf den Sender und ich nicke ihm zu, dass ich verstanden habe. »Wenn du angekommen bist, ruf Carlos an, ich werde dir dann sagen, was du zu tun hast«, gibt er von sich und dass er mir das jetzt nicht verraten wird, ist klar, wir wissen ja nicht, was für eine Art Sender das ist. Ein einfacher Peilsender? Oder sogar ein Mikro-Überträger von Ton? Unter der Haut schlecht vorstellbar, aber die Technik ist heutzutage fortgeschritten und lässt so einige unvorstellbare Dinge zu.

»Verstanden«, antworte ich, nehme von Carlos den Schlüssel entgegen und mache mich auf den Weg zum

Anwesen von Martínez.

Vielleicht werde ich Victoria begegnen und kann herausfinden, wie streng sie im Haus überwacht wird.

Victoria

»Let's escape into the music, DJ, let it play« - Rihanna

Stunden fühlen sich wie Minuten an, wenn man weiß, dass noch etwas Schreckliches geschehen wird. Es hilft meinem nervösen Inneren auch nicht, dass ich die fünfte Tasse Kaffee in der Hand halte, daran nippe und spüre, wie die warme Flüssigkeit meinen Magen verätzt. Gleichzeitig denkt sich mein Darm, seinen Inhalt so schnell wie möglich zu entsorgen und die Toilette ist heute des Öfteren mein bester Freund gewesen.

Das Öffnen und Schließen der Eingangstür signalisiert mir, dass das Warten ein Ende hat und ich nun die Reise in mein Verderben antrete. Alejandro wird mich jetzt mitnehmen, fährt mich zu einem Arzt in der Stadt und lässt meinen Uterus untersuchen, um sicherzustellen, dass er, beziehungsweise ich, fruchtbar bin und wir bald mit einem Baby rechnen können. Was ich Alejandro nur verschwiegen habe, ist, dass obwohl wir zusammen meine Pille weggeworfen haben, ich mir bei Esmeralda eine neue bestellt habe und sie heimlich weiter nehme. Ich liebe meinen Mann, schulde ihm so viel und würde ihm alles geben, was er von mir verlangt, aber ich kann kein kleines Wesen in eine Welt lassen, die einen verschluckt und in ihren grässlichen Schlund zieht. Auch wenn ich mein Kind beschützen, es von all den Grausamkeiten dieser Erde fernhalten würde, bin ich alleine dazu nicht in der Lage und darüber bin ich mir im Klaren. Ohne die Sicherheit meines Mannes, die seine Macht mit sich bringt, wäre ich immer noch in den Fängen der Menschenhändler, würde noch immer tagtäglich rumgereicht werden und müsste all der Folter standhalten, weil ich mich wieder gewehrt habe. Sie taten meinem Körper weh, zwangen mir ihren Willen auf und brachen jeden Tag ein kleines Stück mehr meiner Seele ab. Sie nahmen meine Jungfräulichkeit, entrissen mir die kindliche Unschuld und sogen das letzte bisschen Hoffnung aus mir, bis er kam. Alejandro.

Mit sechzehn schleppte er mich aus dieser Halle, die vor Widerlingen nur so strotzte, brachte mich auf dieses Anwesen und pflegte erst meinen Körper und anschließend meinen Geist gesund. Zeigte mir, was es heißt, geliebt zu werden, ohne eine Gegenleistung dafür haben zu wollen und dass ich mehr wert bin als mein Körper. Was ich an Ausbildung verpasst habe, holte ich mit Privatlehrern nach, bildete mich weiter und erlangte einen Abschluss, der sich sehen lassen kann. Alejandros Stolz auf mich, als er meine Noten sah und mir für die Zweien keine Ohrfeige verpasste, zeigte mir nur mehr wie oberflächlich und falsch meine Eltern waren.

»Ich bin im Haus«, hallt es aus der Eingangshalle zu mir in die Küche und ich versteife mich, da ich diese Stimme nicht kenne. Panik beginnt mich aus einem ganz anderen Grund, als noch vor wenigen Momenten, zu packen und ich schaue mich nach einem Versteck um. Die Wäschekammer, blitzt es in meinem Kopf auf und ich sprinte auf die Tür zu, als die nächsten Gesprächsfetzen zu mir schwappen.

»Ja, Moment.«

»Liebling?«, ruft die blecherne Stimme von Alejandro zu mir und ich bleibe mit der Klinke in der Hand stehen.

»Victoria, ich habe dir Ismael geschickt … Ist sie da?«

»Nein«, antwortet ihm die Stimme, die wohl zu besagtem Ismael gehört und ich höre, wie seine Schuhe über den Marmor in meine Richtung klacken.

»Misses Martínez?«

»Ich bin in der Küche«, antworte ich auf sein Rufen, eile zurück zum Tresen, platziere ihn zwischen dem Ankömmling und mir und umklammere meine Kaffeetasse, um mein Zittern zu verbergen.

»Ah, hier sind Sie. Ich bin Ismael und ihr Mann hat mich geschickt«, begrüßt er mich, lächelt dabei freundlich und ich erkenne ihn vom Abendessen an unserem Hochzeitstag wieder. Er saß neben Carlos, was bedeutet, er muss bei Alejandros Arbeit sehr geschätzt werden und auch deren Vertrauen haben, wenn er auf das Anwesen, sowie in das Haus darf. Am liebsten würde ich seine Aussage ignorieren, als wäre ich senil oder schwerhörig, wiederholt er seinen Namen, aber das Handy, das er vor der Brust hält, zeigt mir das Alejandro am Telefon ist, er mich hören kann und ich meinen Kopf einschalten sollte. Entweder hat er Ismael zu mir geschickt, oder er befindet sich in Schwierigkeiten und ich sollte ihnen in irgendeiner Weise behilflich sein. Ruhig bleiben, so tun als wäre ich das dumme Frauchen, könnte mir nichts Schlimmes vorstellen und bleib freundlich, lege ich mir meinen Plan zurecht und antworte höflich.

»Hallo Ismael, schön Sie wiederzusehen.« Während ich das sage, lege ich meinen Kopf schief, setze ein Lächeln auf, steige aus meinen Heels die ich für den Termin heute trage, da wir in die Stadt fahren und ich präsentabel sein muss, anschließend stelle ich meine Beine schulterbreit auseinander. Die Tasse in meinen Händen umgreife ich jetzt fester, um sie im richtigen Moment als Waffe gegen ihn zu nutzen und hoffentlich eine der Terrassentüren zu erreichen, damit ich die Wachen, die um das ganze Gelände verteilt sind, alarmieren kann.

»Liebling, leider ist mir etwas Wichtiges dazwischen gekommen und ich kann unseren Termin nicht einhalten. Ismael wird dich bringen, in der Praxis bleiben und dich anschließend wieder nach Hause fahren«, verkündet Alejandro über das Telefon und mir fällt ein Brocken vom Herzen.

Wenn Alejandro nicht mit zum Arzt kommt, wird er nicht erfahren, dass ich die Pille weiter nehme, wenn ich den Doktor davon überzeugen kann, still zu bleiben. Dann habe ich heute Abend nichts zu befürchten, sobald er nach Hause kommt und bin für ein paar Monate erstmal sicher, was das Thema Kinder angeht. Theoretisch. Dazu noch, dass ihm die Arbeit dazwischen gekommen ist und er nicht in Schwierigkeiten steckt.

»Okay. Ich hoffe, es ist nichts schlimmes? Du passt auf dich auf?«, vergewissere ich mich wie immer, wenn ich höre, dass er verhindert ist. In Bezug auf mich ist das selten der

Fall, ich bin seine Priorität und allein, dass er daran denkt, jemanden zu schicken, obwohl er zu tun hat, beweist meinen Status bei ihm.

»Wie immer Victoria, bis später. Ismael, mach den Lautsprecher aus«, spricht er, entlässt mich aus dem Gespräch und wird Ismael vermutlich alle Details, die für seinen Auftrag, die Frau vom Boss zu kutschieren, wichtig sind, mitteilen. Ich, für meinen Teil, schlüpfe wieder in die Heels, nehme den letzten Schluck aus meiner Tasse und stelle ihn ordnungsgemäß in die Maschine zum Reinigen. Freudig mache ich mich auf in die Eingangshalle, um meine Handtasche zu holen und auf unseren Aufbruch zu warten. Ismael steht mitten in der Halle, das Telefon noch an sein Ohr gedrückt und antwortet ihm in knappen Silben. Mit einem, Sie ist bei mir sicher, darauf können Sie sich verlassen, beendet er das Gespräch und wendet sich mir zu.

»Sind sie soweit, Misses Martínez?«

»Victoria«, korrigiere ich ihn, denn ich fühle mich noch nicht so alt um ständig meinen Nachnamen hören zu müssen und diese blöde Anrede davor.

»Misses Victoria«, versucht er es besser zu machen, scheitert bei mir aber kläglich, auch wenn ich verstehe, warum er es macht.

»Einfach Victoria reicht, Ismael. Wir verbringen heute ein paar Stunden zusammen, da müssen wir nicht förmlich sein. Sollte mein Mann aber in der Nähe sein, würde ich Ihnen raten, das nicht zu tun. Er ist immer so schrecklich streng, wenn es um das Thema geht«, versuche ich eine lockere Atmosphäre zu schaffen und ihn gleichzeitig zu warnen, sich bei Alejandro keinen Fauxpas zu erlauben.

»Verstanden, einfach Victoria. Können wir los?« Augenrollend und verstohlen lächelnd gehe ich an ihm vorbei zur Haustür, aber ehe ich an den Griff fassen kann, kommt er mir zuvor und öffnet sie.

»Gentleman?«, necke ich ihn und ziehe eine Augenbraue in die Höhe.

»Mehr der Aufpasser, dass kein Scharfschütze sie trifft, aber ja, meine Mutter hat mich wohl erzogen, nach Ihnen.« So direkt hätte ich es nicht wissen müssen, aber er ist gleich auf mein Boot aufgesprungen Unheilvolles mit Humor abzumildern und das macht ihn mir sympathisch. Ich setze meine Sonnenbrille auf, um meine Augen gegen das grelle Licht zu schützen und trete aus der Tür, vor der Alejandros Wagen parkt und mich kurz stutzen lässt. Schließlich ist er damit heute früh abgefahren, das habe ich aus dem Fenster beobachten können und ihn jetzt hier stehen zu sehen, veranlasst mich meine Umgebung nach ihm abzusuchen.

»Ähm … Welches ist Ihr Auto?«, frage ich vorsichtig nach, jetzt etwas misstrauisch, weil ich weiß, wie sehr Alejandro an seinen Sonderausstattungs-Modellen hängt.

»Mister Martínez hat mir seinen Wagen gegeben, damit ich es noch pünktlich schaffe. Er hat mir explizit gesagt, dass wir mit dem auch weiterfahren sollen. Also … Ihre Kutsche erwartet Sie«, gibt er wieder und legt eine elegante Verbeugung à la Prinz Charming hin. Wieder kann ich nur mit den Augen rollen, was er allerdings nicht sieht, da sie hinter den dunklen Gläsern verborgen liegen. Ich setzt mich in Bewegung, um in den Wagen zu steigen. Anders als alle anderen Mitarbeiter von Alejandro kann ich Ismael auf Anhieb leiden, er ist nicht so verdammt verklemmt, bekommt sogar anständige Sätze mir gegenüber zusammen und scheut sich nicht, mir höflich Kontra zu geben. Sympathisch.

Zeitgleich schließen wir unsere Türen, schnallen uns synchron an, heben im gleichen Moment den Blick zu dem anderen und brechen in Gelächter aus.

»Sollen wir uns im Synchronschwimmen versuchen? So gut wie wir sind, schaffen wir bestimmt Gold bei den Olympischen Spielen«, gibt er lachend von sich, steckt mich mit seiner Aussage noch mehr an und ich lasse es mir nicht nehmen, ihn auch ein wenig zu necken.

»Pfft, du hingst mindestens drei Sekunden zurück. So viel wie du noch üben müsstest … die Zeit habe ich gar nicht und außerdem arbeite ich nicht mit Amateuren«, gebe ich gespielt arrogant von mir, ziehe meine Brille ein Stück runter, schaue ihn an, nur um sie am Ende mit einem Finger hochzuschieben und so einen dramatischen Effekt szeniere. Er versteht sofort, wie es gemeint ist, drückt sich eine Hand auf die Brust und mimt so sein verletztes Ego.

»Im Wasser fühle ich mich eh nicht wohl. Meine DJ-Qualitäten sind dafür umso besser, wie ist denn der Musikgeschmack der werten Lady?« Bei der Frage, was ich gerne hören würde, könnte ich vor Freude in die Luft springen, denn normalerweise ist Alejandro immer mit im Wagen und er liebt seine Stille. Deswegen hat er auch seine

Autos extra Schall abdichten lassen und sorgt so für eine minimale Geräuschkulisse. So still wie in einem Mausoleum.

»In der Rubrik, mein Herr, bin ich sehr flexibel und mag fast alles«, antworte ich ihm, kann dabei meine Freude nicht aus der Stimme halten und quietsche ihm die Worte entgegen.

»Leichtes Publikum, das liebe ich. Dann wollen wir mal los, nicht dass wir noch unpünktlich sind und Ihr Ehemann mich einen Kopf kürzer macht«, antwortet er mir, setzt selber eine Sonnenbrille auf, startet den Motor und fährt langsam die Auffahrt hinab. Sobald wir durch das Tor sind, verbindet er sein Telefon mit dem Bluetooth System und kurz darauf wird das Wageninnere mit einem Rhythmus gefüllt, der ansteckend ist.

Beste Autofahrt ever.

Ismael

4 Jahre- 7 Monate - 22 Tage

Sie ist so ganz anders.

Ich hatte damit gerechnet, dass sie ängstlich ist, dass sie still, zurückhaltend und irgendwie verschlossen ist. Aber das Gegenteil ist der Fall. Nachdem Martínez ihr gesagt hat, wer ich bin und warum ich hier bin, ist sie verdammt entspannt. Kein Umschauen beim Hinausgehen, um nach Möglichkeiten zu suchen, zu entkommen. Kein plötzliches Aufreißen der Autotür, kein gespielter Anfall und auch kein Versuch, mir ins Lenkrad zu greifen. Nichts, sie sitzt neben mir, vibriert förmlich, strahlt pure Freude aus, wie sie ihr Bein zum Takt bewegt und mit ihrem Kopf nickt. Ich bin mir sicher, wenn sie die Brille nicht tragen würde, könnte ich ein Glitzern in ihren Augen erkennen, das zu dieser sorgenfreien jungen Frau passen würde und nicht zu dem entführten Mädchen, das sie eigentlich ist.

Auf gut Glück, hatte ich sie nach ihrem Musikgeschmack gefragt, gehofft, dass sie nicht wie Martínez diese erdrückende Stille vorzieht und ich so mein Telefon mit seinem System verbinden könnte. Das wird mir eine große Hilfe dabei sein, seine Schritte zu verfolgen, zu wissen wann er wo ist und für den endgültigen Einsatz, seine Tötung, einen genauen Standpunkt nennen zu können. Natürlich könnte ich jetzt

Hals über Kopf, Victoria an einen sicheren Ort bringen, meinen Einsatzleiter in den USA kontaktieren und harre mit ihr aus, solange, bis sie uns holen. Es sind nur zu viele offene Variablen, die ich nicht außer acht lassen kann und so meine harte und verdammt lange Arbeit zunichte mache.

Angefangen damit, dass ich nicht weiß, wie sie reagieren würde, wenn ich sie jetzt einfach verschleppe. Das könnte ein Trigger für sie sein, Erinnerungen hervorrufen und sie zu einem anderen Menschen werden lassen, der mich eher behindert als hilfreich an meiner Seite zu stehen. Dann noch der Umstand, dass ich nicht weiß, wie lange sich Martínez und scin Handlanger Carlos noch in der Halle aufhalten werden, ob sie noch da sind, oder schon an einem anderen Ort. Eine normale Passagiermaschine bräuchte 10 Stunden für die Strecke, eine bewaffnete Drohne etwa 2 Stunden weniger. Wenn ich noch das Telefonieren mit einbeziehe und den Weg in einen sicheren Unterschlupf muss ich mit mindestens 13 Stunden rechnen, wenn alles glatt läuft und das sind verdammt viele Minuten, in denen sich alles Schlag auf Schlag ändern könnte. Deswegen muss ich genau planen, jedes kleine Detail genauestens berechnen, ehe ich den endgültigen Schritt mache. Bis dahin arbeite ich weiter an meiner Deckung, erschleiche mir mehr Vertrauen, besorge Informationen und werde mit Präzision an mein Ziel kommen.

Direkt vor dem Gebäude, in dem sich die Arztpraxis befindet, zu der ich Victoria bringen soll, finde ich eine Lücke und parke den Luxusschlitten ein. Die laute Musik endet, sobald ich den Motor abstelle und eine bedrückende Stille legt sich über uns. Sie schaut aus ihrem Fenster, es sieht aus, als würde sie das aus Beton gefertigte Haus anstarren, nur ist das schwer von der Seite zu beurteilen, dazu noch diese große Sonnenbrille, die ihre Augen versteckt. Ich glaube, sie will nicht aussteigen, aber ich habe eine Aufgabe von ihrem Ehemann erhalten und die sollte ich gewissenhaft ausführen, wenn ich sein Vertrauen will. Geschlagen seufze ich, steige aus, umrunde den Wagen und öffne ganz Gentleman-like ihre Autotür. Sie nickt kurz, so, als würde sie sich selbst bestätigen müssen, greift ihre Tasche und steigt aus. Ein gleichgültiger Ausdruck legt sich um ihren Mund, ihre Körperhaltung ist perfekt und insgesamt strahlt sie eine Aura der Erhabenheit aus. Elegant, machtvoll und verdammt anziehend.

Mit festen Schritten geht sie auf den Eingang zu, zieht dabei die Blicke aller Passanten, die um sie herum unterwegs sind, auf sich, dabei erwidert sie keinen einzigen, dreht ihren Kopf nicht in deren Richtung, fokussiert ihr Ziel und hat nichts mehr mit der freundlich strahlenden, scharfzüngigen Frau zu tun, die ich vom Anwesen abgeholt habe. Jetzt ist sie Victoria Martínez, die Gattin des einflussreichsten Mannes dieses Landes und hat einen gewissen Ruf, eine Erwartung an die Außenwelt zu erfüllen. Vielleicht ist sie innerlich ganz anders, als sie sich allen zeigt? Möglich, dass ich sie falsch eingeschätzt habe und sie sofort mit mir mitkommen, sich meiner, der Sache unseres Landes anschließen und ihren Göttergatten zu Fall bringen würde.

Sie bleibt vor der Eingangstür stehen, wartet darauf, dass ich sie ihr öffne, was ich schnell tue und zusammen verschwinden wir in dem Gebäude. Treten in den kühlen Innenbereich und machen uns auf den Weg zu ihrem Termin.

Sie, die Frau von Welt, mit mir, ihrem heutigen Bodyguard im Schlepptau, betreten wir den Lift und erst als sich die Türen schließen, nimmt sie die Brille ab, legt ihren Kopf in den Nacken und pustet die angestaute Luft aus. Ich verkneife mir meinen Kommentar darüber, dass sie gerade sehr verkniffen aussieht und es wirkt, als würde sie gerade hart arbeiten, dabei wissen wir beide, dass sie nie einen Finger krumm machen müsste. Sie öffnet ihre Augen, richtet sie an die Decke und für einen kleinen Moment, eine Nanosekunde, erkenne ich es. Es ist die Last der Fassade, die auf ihr lastet, das Verstellen, jemand zu sein, der man nicht ist und wer, wenn nicht ich, kann verstehen, dass man manchmal einen kleinen Moment zum Atmen braucht. Nur einen winzigen Luftzug, der die Lungen füllt, einen hoffentlich ausfüllt und so schnell wie ich es erkenne, ist es auch schon wieder vorbei. Die Maske sitzt, das Gesicht eine ausdruckslose Miene und selbst in den Augen erkennt man keine Spur von dem Feuer in ihr. Sie sind hart, stumm und veranlassen einen, nicht zu lange auf ihnen zu verweilen. Respekt, schießt es mir durch den Kopf, denn ich weiß, wie viel Übung das braucht, um seine Iriden so emotionslos werden zu lassen.

Vorbildlich steige ich, nachdem wir das Stockwerk erreicht haben, aus dem Fahrstuhl, kontrolliere den Gang, schreite vorraus und öffne ihr die Praxistür. Sie meldet sich am Empfang an, wird selbstverständlich gleich in das Behandlungszimmer geführt und als sie bemerkt, dass ich mit eintrete, hebt Victoria eine der perfekt gezogenen Augenbrauen hoch, ganz nach dem Motto, ernsthaft? Leider ist mir das genauso unangenehm, aber Martínez hat mir aufgetragen, sie keine Sekunde aus den Augen zu lassen, darauf zu achten, dass der Arzt nichts anstellt und alle Informationen, die der Doktor mitteilt, gleich an ihn weiterzuleiten. Das kann ich nur, wenn ich bei ihr bin, bei dem Blick auf den Untersuchungsstuhl in der Mitte des Raumes wird mir allerdings mulmig im Magen und lässt mich die Ausweitung seiner Anweisung überdenken.

Sobald die Arzthelferin sich verabschiedet und versichert, dass der Arzt sofort da sein wird, richtet Victoria das Wort an mich.

»Was zum Teufel? Sieh zu, dass du verschwindest! Du kannst dir vor der Tür die Beine in den Bauch stehen. Raus. Hier!« Brüllt sie mir flüsternd entgegen und versucht, mich Richtung Tür zu schieben. Ich will ihr gerade antworten, da betritt der Quacksalber den Raum, sorgt dafür, dass sie sich wieder zusammenreißen muss und sie ihn freundlich anlächelt.

»Hallo Misses Martínez, ich bin Doktor Keita, bitte setzen Sie sich«, begrüßt sie der große afrikanische Mann, deutet auf die Plätze vor seinem Schreibtisch und nimmt dahinter Platz. Vornehm kommt sie seiner Bitte nach, ich stelle mich in einigem Abstand hinter sie und nehme die Position des stillen Beobachters ein. Freudig strahlt er sie an, entblößt dabei eine Reihe strahlend weißer Zähne, die in seinem dunklen Gesicht nicht unnatürlicher aussehen könnten und einem eine Gänsehaut verpassen.

»Nun, wenn ich ihren Ehemann richtig verstanden habe, dann sind sie heute für einen Gesundheitscheck hier, richtig?«, fragt er neugierig, schaut an ihr auf und ab und ich könnte bei seinem Ausdruck von Gier in den Augen kotzen. Er ist Gynäkologe, Arzt für Frauenheilkunde, da gehört doch wohl ein gewisses Maß an Anstand dazu und nicht das man nach seinen Patientinnen lüstert.

»Ja, mein Mann meinte, eine Untersuchung wäre vonnöten«, antwortet sie ihm, bringt subtil mit ein, dass es nicht ihre Entscheidung ist, hier zu sitzen und lässt mich hellhörig werden.

»Er berichtete mir schon, dass sie sich ein Baby wünschen, es bislang aber einfach noch nicht geklappt hat. Naja, Misses Matínez, ich bin mir sicher, Sie sind kerngesund, vorsichtshalber werden wir Sie aber von Kopf bis Fuß noch untersuchen und sichergehen, dass medizinisch alles einwandfrei ist«, flötet er ihr entgegen, schlägt die Akte vor ihm auf dem Schreibtisch auf und nimmt einen Stift zur Hand.

»Ich werde Ihnen jetzt ein paar Grundfragen stellen, danach werden wir die körperliche Untersuchung durchführen und anschließend nehmen wir ihnen noch etwas Blut ab, um auch diese Werte zu kontrollieren«, klärt er auf und beginnt dann weiter zu sprechen.

»Wann war ihre letzte Regelblutung?«, kommt es ernst

von ihm, ich hingegen wende meinen Blick schnell Richtung Tür, die sich gegenüber von mir befindet, bemühe mich nicht rot anzulaufen, denn das ist eine sehr private Frage und geht mich nichts an und dennoch schaue ich wieder zu den Beiden als ich keine Antwort von Victoria höre.

Ihre Augen liegen streng auf mir, werfen mir Missbilligung entgegen und ich kann sie absolut nachvollziehen, auch ich wäre gerne woanders, vor der Tür würde mir wirklich reichen.

»Mhm«, räuspert sie sich auffällig laut, nickt mit ihrem Kopf Richtung Ausgang und fordert mich so auf, zu verschwinden. Sorry.

»Misses Martínez, mein Auftrag lautet, bei absolut allem anwesend zu sein. Es tut mir wirklich Leid, aber sie werden mich nicht los«, entgegne ich ihr und sehe, wie Resignation dem anfänglichen Schock weicht. Geschlagen wendet sie sich dem Schreibtisch und dem sich dahinter befindlichen Arzt zu, atmet durch und legt das Lächeln wieder auf.

»Vor circa drei Wochen.«

»Ist sie unregelmäßig, seit Sie die Pille abgesetzt haben?«

»Nein, pünktlich. Sagen Sie Doktor, ich habe mich schon immer gefragt, wie die genau funktioniert. Dem Körper wird doch was vorgegaukelt, richtig? Oder setzt sich das Medikament auch im Blut ab?« Diese Antwort von ihr macht mich stutzig. Sie ist nicht auf den Kopf gefallen, ist, was ihre Wortwahl angeht, immer sehr korrekt und ausgefallen. Da kann ich mir schlecht vorstellen, dass sie die einfache Schrittfolge von Tabletten-Magen-Blut-Organ nicht hinbekommt, denn das lernt man doch in der Schule und wenn nicht, ist das die einzig logische Erklärung, wie ein Wirkstoff funktioniert.

»Nun, die Tablette enthält künstliche Hormone, die verhindern, dass ein Eisprung stattfindet. Natürlich ist das keine absolute Garantie, aber seit Jahrzehnten ist es ein sehr bewährtes Verhütungsmittel und ja, selbstverständlich kann man das Medikament im Blut feststellen. Dafür misst man den Östrogenspiegel und anhand der normalen Richtwerte erkennen wir, wie wirksam sie ist. Den Spiegel messen wir bei ihnen auch, denn wenn bei ihnen eine Östrogendominanz bestehen sollte, könnte diese zu Fehlgeburten führen und das sollten wir möglichst verhindern«, erklärt er ihr geduldig, lächelt dabei freundlich und auch ich lerne noch etwas dazu.

»In dem Fall Doktor … Wie viel wird es mich kosten, wenn Sie die Ergebnisse aussehen lassen, als würde ich die Pille nicht nehmen, sehr fruchtbar sein und mein Mann nie etwas von dieser Unterhaltung erfährt?«, wirft sie dem Quacksalber entgegen und schockiert damit uns beide. Aber durch dieses Geständnis hat sie meinen absoluten Respekt verdient.

Sie ist nicht blind für ihre Umgebung, weiß vermutlich, was Martínez Geschäfte angeht, sehr viel und setzt nicht einfach ein Kind mit ihm auf die Welt. Ich vermute ihre Vergangenheit beeinflusst ihre Entscheidung und es gehört schon eine ordentliche Portion Mut dazu sich gegen den eigenen Ehemann zu stellen, ihn an der Nase herumzuführen und sollte es jemals herauskommen, seine unbändige

Grausamkeit auf sich zu ziehen. Dieser Umstand muss dem lieben Doktor wohl am meisten verängstigen, denn sein jetzt weißes Gesicht wendet sich zu mir, schaut mich hilfesuchend an und ich kann nichts anderes tun, als meine mitteilslose Miene aufrecht zu erhalten.

»Ihn brauchen Sie nicht zu beachten … Wie viel?«

Victoria

»I don't trust nobody, I don't even trust my mind«

- Hippie Sabotage

Mein spontaner Plan ist aufgegangen.

Der Arzt verlangt 20.000 US-Dollar, was in etwa 172.075.000,00 Guinea-Francs sind und auch wenn es sich nach einer hohen Summe anhört, ist es weit weniger, als ich bereit gewesen wäre zu zahlen.

Was mir aber genug lässt, um das Problem neben mir, das gerade hinterm Steuer sitzt, den Wagen durch die Stadt lenkt und mich zurück nach Hause fährt, zu bearbeiten. Wie viel er wohl für sein Schweigen will? Oder was er sonst noch dafür verlangen würde? Und da stellt sich mir die Frage, was ich bereit bin zu tun, um zu verhindern, dass Alejandro davon erfährt und mein Leben, alles was ich jetzt habe, nicht zu verlieren. Meine Gedanken rasen laut durch meinen Kopf, während das Wageninnere so verhasst still ist.

Nach Ablenkung suchend schaue ich aus dem Fenster, bemerke, dass wir schon außerhalb der Stadt sind und es nicht mehr weit ist, bis wir das Tor zum Anwesen erreichen.

»Könntest du bitte anhalten«, fordere ich Ismael auf, der gleich darauf den Luxusschlitten sanft am Straßenrand zum Stehen bringt. Ich steige aus, trete in die glühende Sonne und gebe ihm zu verstehen, ebenfalls das Auto zu verlassen.

Von ihm abgewendet, starre ich erst auf den roten Sandboden, aus dem die Straßen außerhalb der Stadt bestehen, dann auf das Grün, das sich rechts und links daran erstreckt, ehe er in mein Blickfeld tritt.

Er hat seine Brille auf den Kopf geschoben, dabei seine perfekt sitzende Frisur zerstört und dennoch ziehen seine braunen Augen, die mich erwartungsvoll anschauen und auf Erklärung warten, an. Was ich aber mit ihm besprechen muss, kann ich nicht im Wagen machen, weil ich nicht weiß, was Alejandro alles hat einbauen lassen, worauf er alles Zugang hat und so gefährde aufzufliegen, ehe ich die Chance hatte alles mir mögliche zu tun, um es zu verhindern.

»Was ist dein Preis?«

»Wofür?«, antwortet er, stellt sich wohl absichtlich dumm, aber nicht mit mir. Ich ziehe auch meine Brille ab, verschränke meine Arme unter der Brust und werfe ihm einen 'Verarsch mich nicht' Blick zu.

»Du meinst mein Schweigen?«, stellt er die rhetorische Frage, weicht meinen Augen, die jede Reaktion genau beobachten, aus und starrt in den Himmel.

»Wie viel willst du haben, damit du Alejandro nicht verrätst, was du beim Arzt gehört hast? Ihm berichtest, dass alles ganz normal vonstatten gegangen ist, die Untersuchung vorbildlich war und die Blutergebnisse den Rest zeigen werden?« Er antwortet eine gefühlte Ewigkeit nicht, Schweißtropfen bilden sich dank der Hitze hier draußen und meiner Anspannung auf der Stirn und rinnen mir die Schläfen hinunter, verteilen sich auf meiner Haut, unter der die Angst seiner Antwort schlummert. Es ist nicht das Geld, dass ich ihm zahlen müsste, daran werde ich schon kommen und ich bin bereit, eine hohe Summe locker zu machen. Es ist der Gedanke, dass er etwas anderes von mir verlangen wird, das er meinen Körper einfordert und wie abgestumpft ich dieser Möglichkeit gegenüber geworden bin.

Es haben sich in meinem Leben schon genug Personen an ihm bereichert, ihn benutzt, ihn für die eigenen Triebe misshandelt und sollte Ismael das wirklich wollen, im Austausch für sein Schweigen wäre es mir egal.

Es wäre nur ein weiterer unbedeutender Akt, eine Handlung, die nicht mehr mein Herz, meine Seele brechen kann und die eine Kleinigkeit im Gegensatz zu Alejandros Strafe sein wird. Was ist schon maximal eine Stunde, in der er sich mit mir vergnügt im Vergleich zu einem Leben in Sicherheit mit dem Mann, den man liebt? Meine größte Angst ist seine Loyalität der Organisation gegenüber. Was, wenn er nichts verlangen wird, weil er treu ist, sich nicht käuflich bestechen lässt und ihm sein Status wichtiger ist. Da wäre es egal, was ich ihm bieten würde, nichts, nichtmal eine Nacht mit Alejandros 'Edelstein', wäre da verlockend genug. Sein Schweigen treibt mich mehr und mehr in den Wahnsinn und ich halt es nicht länger aus.

»Oder willst du kein Geld? … Hm? … Sag schon. Vielleicht eine Nacht mit dem Piedras preciosas des Bosses?«, werfe ich ihm entgegen, trete die paar Schritte die uns trennen zu ihm und lege dabei die Maske der Frau des mächtigsten Mannes des Landes auf. Ich habe sie perfektioniert, bis ins kleinste

Detail verinnerlicht und sie verrutscht mir nie. Sein Kopf schnellt nach meiner Aussage so schnell zu mir runter, dass ihm sicher schwindelig von der Bewegung ist. Seine Augen ungläubig aufgerissen, fixiert er mich, legt seine Hände an meine starren Schultern und öffnet seinen Mund.

»Wie kaputt bist du, um mir das anzubieten?«, entgegnet er mir fassungslos, schaut mir von einem ins andere Auge und sucht nach der Antwort. Er bekommt sie nicht. Meine Abgründe sind dunkel, hässlich und tief in mir verankert. Dank Alejandro habe ich es geschafft, meine Seele wiederzufinden, meinen Platz im Leben zu akzeptieren und nicht an kleinen Rissen, die meinen Weg kreuzen, zu zerspringen. Und das ist es, was es wäre, würde er mit mir schlafen. Ein kleiner Riss in meinem Leben, den ich mit dem Gedanken daran, weiterhin glücklich bei Alejandro zu leben, kitten kann. Denn wenn mein Ehemann von dem Verrat erfahren würde, den ich begehe, weil ich keine Kinder möchte, egal von wem, wäre die Schlucht, die er aufreißen kann, größer, unüberwindbar und ich würde in sie springen. Würde mich von ihrer Kante stürzen, in der Tiefe versinken und meinen Körper am Abgrund zerschellen lassen, da nichts anderes mehr Sinn ergeben würde. Ohne ihn habe ich kein Zuhause, ohne seine Liebe, seine Zuneigung, kann ich nicht bei ihm bleiben und meine Handlung, sollte er sie erfahren, würde ihm das Herz brechen, all seine Gefühle auf Eis legen und mich zu etwas zwingen, das ich nicht mit meinem Gewissen vereinbaren kann.

Die Welt ist zerfressen von Habgier und Macht. Kriege

werden geführt, in denen Unschuldige leiden, nur um mehr Einfluss zu erlangen. Nein, kein Kind von mir soll diese Welt sehen, unter den Entscheidungen anderer mit den Ergebnissen leben und jeden Tag dafür kämpfen, die Fehler der Generation davor auszubügeln.

Ismael erkennt, dass ich ihm nicht antworten werde, lässt von mir ab und bringt wieder Abstand zwischen uns.

»Ich will kein Geld und auf gar keinen Fall verlange ich Sex … Das … Nein«, beginnt er, legt seinen entschlossenen Blick auf mich und spricht weiter. »Ich möchte dein Vertrauen.«

»Mein Vertrauen?«, hake ich nach, ziehe dabei eine Augenbraue in die Höhe und kann nicht glauben, dass es so einfach ist, da muss ein Haken dahinter sein.

»Ja. Dein ungeteiltes, aufrichtiges Vertrauen. Das ist mehr Wert als all die Güter, die du mir bieten könntest«, bestätigt er seine Aussage und lässt mich nur misstrauischer werden. Männer wie er, die so hoch in der Rangfolge stehen, verlangen sowas nicht ohne einen Hintergedanken. Ich frage mich, welchen er hat.

»Wo ist der Haken?«

»Es gibt keinen.«

»Also, ich fasse das mal zusammen. Du sagst Alejandro genau das was wir besprechen, wirst nichts verraten und dafür willst du nur mein Vertrauen?«

»Ich werde auch dafür sorgen, dass der liebe Doktor auch wirklich schweigt«, ergänzt er und schafft es tatsächlich, meine Maske zu durchbrechen. Unter Schock schaue ich zu ihm rüber, verarbeite was er zu mir gesagt hat und bin einfach nur baff. Ich weiß, dass es niemals so einfach laufen kann, dass mich früher oder später das Karma einholen wird, aber ich werde seine Anforderung annehmen.

»Wir haben einen Deal«, sage ich, strecke ihm meine Hand entgegen, die er ergreift und einschlägt. Unsere Vereinbarung damit besiegelt wird, wir nun Verbündete sind und ich das Gefühl habe, ihm mehr vertrauen zu können, als all den anderen Männern, die mir bislang aus der Organisation begegnet sind. Er scheint irgendwie anders zu sein und die Gegenleistung, die er von mir will, löst Respekt ihm gegenüber in mir aus. Er hätte alles verlangen können, ich wäre bereit gewesen, alles zu geben, stattdessen möchte er einfach etwas, das in den meisten Augen banal erscheint und nur von wirklichen Kennern als das gesehen wird, was es bedeutet. Sein Vertrauen jemandem zu schenken heißt, sich auf denjenigen zu verlassen, sich sicher zu sein, dass seine Handlungsweisen einem nicht schaden werden und er alles tut, um das zu erhalten. Für mich ist es sehr schwer anderen zu vertrauen, außer Alejandro und Esmeralda besitzt niemand meines, nicht mal meinen Eltern konnte ich vertrauen, denn ihre Worte, all ihre Versprechen waren so viel Wert wie der rote Sand unter meinen Füßen. Nichts.

»Ich denke, wir sind uns beide darüber im Klaren, dass wir über dieses Gespräch nie wieder ein Wort verlieren?«, sage ich, während wir uns in Bewegung setzen und zum Wagen zurückgehen.

»Welches Gespräch?«, kommt es klischeehaft von ihm,

während er seine Sonnenbrille aufsetzt und die Tür öffnet. Augenrollend tue ich es ihm gleich, gleite auf den Beifahrersitz und lasse mich von ihm nach Hause bringen.

Ismael

4 Jahre - 8 Monate - 18 Tage

Ein weiterer Monat ist vergangen. Wochen, in denen ich nichts erreichen konnte, Tage, in denen ich nur das Vertrauen dieser Mistkerle aufbauen konnte und Stunden, in denen mein Schädel jedes kleine Detail, das mir zugeworfen wurde, aufgesaugt habe.

Auch habe ich Victoria seit dem Tag, an dem ich sie gefahren habe und wir unseren Deal beschlossen haben, nicht mehr gesehen. Konnte mich nicht rückversichern, ob mein Besuch beim werten Doktor auch das erreicht hat, was er sollte. Sobald ich sie abgesetzt hatte, zitierte mich Martínez zurück, er brauchte sein geliebtes Auto und wollte meinen Bericht haben.

Wir standen direkt am offenen Container, er reinigte seine Hände mit einem Lappen, säuberte seine Haut von dem Blut, das an ihnen klebte und wirkte nicht wie das Ungetier, das gerade einen Mann gefoltert hat. Sein Opfer baumelte tot von der Metalldecke, unter ihm eine Lache seines Lebenssaft und perfiderweise erkannte ich sofort, was er dem Mann angetan hat.

Seinen Körper zierten unzählige Schnitte und bei genauem Hinsehen erkannte man das Kunstwerk, die Haut, seine Leinwand.

Die dunkle Haut seines Opfers klaffte an einigen Stellen, förderte eine größere Menge des Blutes aus ihr hervor, andere Schnitte waren schwach, nur leicht in die Haut geritzt, ließen kleine Rinnsale mit den großen ein ganzen Bilden und um das Bild zu vervollständigen waren an den richtigen Stellen weiße Muskelstränge zu erkennen. Malten ein schönes Bild des Grauen, das Werk des Monsters, Alejandro Martínez.

Ich tat völlig unbeteiligt, als ich ihm vom Termin erzählte, verriet nicht, was genau geschehen ist, nur, dass alles meines Erachtens normal war und Blutergebnisse ausstehen. Damit war er zufrieden, fuhr mich zurück zur Lagerhalle, an der wir morgens unsere Reise begonnen hatten und entließ mich.

Seitdem kein Wort. Nichts.

Stattdessen bekomme ich von Carlos immer mehr Aufträge, die er normalerweise übernimmt. So wie jetzt. Ich bin auf dem Rückweg nach Conakry, war an der Grenze zu Sierra Leone, habe die wertvolle Diamanten Lieferung selbst abgeholt und bringe sie, über kleine Umwege, direkt zu Carlos. Er wird sie prüfen lassen, ihre Reinheit bestimmen, verkaufen, Marínez das Geld geben und dieser beschafft damit neue Waffen, die dann wieder von mir an die Grenze transportiert werden, um sie gegen Diamanten zu tauschen und die Abnehmer so ihren Krieg weiterführen können. Nur die Gewissheit, dass ich all das hier für einen größeren Zweck mache, hält mich davon ab, die Blutdiamanten nicht aus dem fahrenden Wagen zu werfen und ein kleines Loch in den Geldbeutel dieses Bastards zu reißen. Allerdings würde er mir dafür ein Loch in den Schädel pusten und das wäre wirklich nicht förderlich.

Das Klingeln meines Handys lenkt meine Aufmerksamkeit vom Asphalt vor mir auf den Beifahrersitz, wo es liegt und mir anzeigt, dass eine unbekannte Nummer anruft.

»Hm?«, brumme ich wie üblich in den Hörer, nenne keinen Namen, lasse keinen meine Stimme erkennen, warte, was mich am anderen Ende erwartet.

»Hast du alles?«, begrüßt mich Carlos der Schmierlappen und ich lasse mir die nächste Aktion nicht nehmen.

»Sie haben sich verwählt«, antworte ich und lege auf. Sofort erscheint ein Grinsen in meinem Gesicht bei dem Gedanken daran, wie er fassungslos das Telefon in seiner Hand anschaut, laut flucht und dann die Wahlwiederholung drückt. Prompt beginnt es in meiner Hand wieder zu vibrieren, auf ein neues.

»Hm?«

»Ich schwöre dir, legst du noch einmal bei mir auf, schiebe ich dir das Teil so tief in den Arsch, dass du eine Dauerleistung hast«, brüllt er regelrecht, sodass ich, meine Ohren schützend das Telefon einige Zentimeter von meiner Muschel weghalte. War klar, dass er mit so einer derben Begrüßung kommen muss, weiß sich nicht anders adäquat auszudrücken und denkt mit Brutalität seiner Aussage mehr Macht zu verschaffen. Dabei hat ihm Victoria doch beim Essen gezeigt, wie subtil das auch gehen kann.

»Ah, du bist das. Ich dachte, du wärst mein Schwiegervater, der Angst hat, dass seine Frau erfährt, wie gerne er noch die Zigarren, die ich ihm heimlich besorge, in seinem Schuppen raucht.«

»Schwieger… Du bist doch … Verarsch mich nicht, Kleiner! Hast du alles?«, ein bisschen Spaß darf doch noch sein, wie soll man es sonst mit diesem Schwachmaten aushalten.

»Ja, Vater.« Ein kurzes Knacken ertönt, lässt eine weitere Stimme in mein Ohr schallen und versetzt mich in Aufregung.

»Dein Vater hätte die Zigarren gerne zu deinem netten Onkel geliefert. Heute rauchen wir sie in meinem Schuppen«, erklingt Martínez, der meinen Ansatz, keine Namen, keine Orte, nichts verraten, weil man nie weiß, wer zuhört, verstanden hat und mir zu verstehen gibt, direkt zu ihm auf sein Anwesen zu fahren.

»Dreißig Minuten«, antworte ich, beschleunige den Wagen und lege auf. Freude lässt meinen Körper anspannen, flutet mich förmlich bei dem Gedanken endlich mehr erfahren zu können und ganz besonders bei dem Gedanken Victoria wiederzusehen.

»Sie sehen gut aus. Gab es Probleme? Ist dir etwas aufgefallen?«, wendet sich Martínez an mich, sobald er die erste Begutachtung hinter sich hat und schaut mich an, während er hinter seinem protzigen Schreibtisch in seiner Marmor Villa sitzt.

»Alles wie immer, wobei mir die Rebellen mit ihren Waffen immer nervöser werden. Wegen jedem kleinen Geräusch zucken sie und ich denke … Es dauert nicht mehr lang, bis jemandem von ihnen ein Finger ausrutscht«, gebe ich meine Beobachtung bei dem Warenaustausch wieder, möchte noch hinterher setzen, dass ich die nächste Lieferung lieber nicht übernehmen würde, aber von einem Klopfen an der Tür davon abgehalten werde.

»Herein«, befiehlt er der armen Person hinter dem polierten Holz und seine Stimme verrät den Unmut gestört zu werden. Eine zierliche junge Frau in Hausmädchen Uniform betritt sein Büro, schleicht mit gesenktem Kopf zu ihm und flüstert etwas in sein Ohr. Etwas Schlimmes. Denn seine Gesichtszüge verfinstern sich, lassen die harten Kanten hervortreten und seine Iriden verdunkeln sich zu einem schwarzen Klumpen aus Zorn.

»Entschuldigt mich«, presst er zwischen seinen Zähnen hervor, steht auf und verlässt das Büro nur, um gleich darauf durch die Empfangshalle zu brüllen.

»VICTORIA!« Für eine Sekunde hat das ganze Anwesen den Atem angehalten, keine Seele traut sich auch nur zu denken und die eigentlich leisen Schritte aus dem oberen Stock hallen wie Glockenschläge durch eine Kathedrale zu uns runter. Carlos und ich sind ihm in die Halle gefolgt, neugierig, was seinen Stimmungsumschwung ausgelöst hat, oder besser, wer daran Schuld hat.

»Ja?«, perlt ihre melodische Stimme sanft die Treppen hinunter, gefolgt von ihr. Sie trägt eine enganliegende schwarze Hose, ich glaube, sie heißen Leggins, einen Hoodie, auf dem das Chanel Logo deutlich prangt und an den Füßen schlichte Convers, die mich schmunzeln lassen. Als müsste sie dem Luxus ihren Stempel aufsetzen, ein Statement setzen und die Bequemlichkeit der Marke vorziehen. Sie tritt vor Martínez, schaut neugierig, etwas unsicher zu ihm auf und wartet darauf, was er von ihr will.

Ein Sekundenbruchteil dauert es, dass er seine Hand hebt, sie mit Wucht auf Victorias Wange niedersausen lässt und ihr Kopf von der Gewalt zur Seite zuckt, sie ihre Balance verliert und auf den Boden sinkt. Ich hatte keine Möglichkeit zu reagieren, geschweige denn zu verarbeiten, was gerade geschieht. Da echot das Geräusch von seiner Hand auf ihrer Haut erst in meinem Schädel, kurz darauf, wie ihr ausgestreckter Arm den Aufprall abfedern will, wegrutscht und sie hart auf den blanken Marmor prallt.

Strähnen haben ihren Halt aus dem Zopf verloren, fallen in ihr Gesicht, an dessen Wange Blut seinen Weg nach unten sucht und den kalten Boden betropft.

»Geht es dir hier nicht gut? Besorge ich nicht alles, was du dir wünschst? Kümmere ich mich nicht gut genug um dich?«, brüllt er ihr entgegen, sieht von oben auf sie herab und stellt ihr Fragen, die keiner Antwort bedürfen. »Du lebst in meinem Haus, isst mein Essen, trägst Kleidung, die ich dir bezahle und alles, was du zu tun hast, ist meine Wünsche zu erfüllen und mich damit glücklich zu machen … aber nicht mal das bekommst du hin.«

»Ale… Alejandro«, wimmert Victoria auf dem Boden, richtet sich in eine sitzende Position auf und hält ihre verletzte Wange.

»Nein, spar mir deine leeren Versprechungen, du hättest es mir sagen können. Mir, deinem Ehemann, es zu verheimlichen macht deinen Verrat schlimmer und das mir Isabella davon erzählt, was sie im Müll gefunden hat, hat deine Strafe besiegelt«, führt er seine Rede lautstark zu Ende und ich verspanne mich dank der unheilvollen Wolke, die er mit seiner Aussage über die ganze Halle legt. Hat er von ihrem Geheimnis erfahren? Hat er die Pille gefunden? Ich schaue zu ihr hinunter, versuche in ihren Augen zu sehen, ob ihr die gleichen Gedanken durch den Kopf schwirren, allerdings erkenne ich etwas anderes, dass mir den Atem raubt.

Sie lächelt ihm entgegen, strahlt eine Ruhe angesichts seiner Drohung aus, stellt sich hin und beginnt mit ihrer melodischen Stimme zu sprechen.

»Liebling, ich kann die Natur doch nicht beeinflussen. Sowas dauert seine Zeit«, sagt sie und ich bin völlig verloren, um welches Thema es sich jetzt genau handelt. Er lässt sich von ihr nicht besänftigen, greift mit seinen Fingern in ihr Haar, zieht sie nah an seinen Körper und flüstert ihr etwas entgegen, dass nicht bis zu mir und Carlos durchdringt. Nur an ihren Augen, die sich leicht aus Panik weiten, erkenne ich, dass es nichts Gutes sein kann und das erste Mal seit diese Situation begonnen hat, schaut sie zu mir rüber. Gleitet mit ihrem Blick auch zu Carlos, schließt die Augen und als sie sie wieder öffnet, wirken sie blind. Matt, fahl, als wäre sie nicht hier, weit weg, woanders.

»Sieht so aus, als würde sich der Tag gerade zum besten seit einer lange Zeit entwickeln«, kommt es vom Schmierlappen neben mir. Ich schenke ihm einen Seitenblick und könnte beim widerlichen Grinsen auf seinen Lippen kotzen. Wie kann man nur solch eine Freude an den Qualen anderer Menschen empfinden, sich daran aufgeilen und nebenbei noch behaupten, dass sich sein Tag dadurch bessert. Ekelhaft.

Das Geräusch von reißender Kleidung erregt meine Aufmerksamkeit und ich folge Carlos Blick zu dem Paar vor uns. In Martínezs Hand hängt Victorias Hose in Fetzen, sie steht nur noch mit einem Slip bekleidet vor ihm, rührt sich aber kein Stück, ist zur Säule erstarrt und wirkt unbeteiligt. Er öffnet seinen Gürtel, zieht ihn aus den Schlaufen, packt ihre Schulter und drückt sie wieder auf den Boden. Was danach geschieht, lässt die Taten der letzten fast 5 Jahre, denen ich beigewohnt habe, wie kleine Anrisse der Grausamkeit wirken. Und alles, was ich tun kann, ist hier zu stehen, ihr mit meinen Augen beizuwohnen, ihr meine Unterstützung auszudrücken und mich keinen Zentimeter rühren, um meine beschissene Tarnung, die mir gerade mehr als nur auf den Senkel geht, aufrecht zu erhalten.

Für das große Ganze.

Victoria

»Drowning inside these walls of fear« - Teqkoi, Aiko

Ich bin weit weg. Nicht hier.
Seit er mir die Worte ins Ohr geflüstert hat, dass er mir zeigen wird, wozu ich anscheinend nur von Nutzen bin, hat mein Inneres sich in seine Tiefe gezogen.

Alejandro hat recht. Er kümmert sich um mich, lässt keinen Wunsch offen und ich habe es gut bei ihm. Dass Isabella nicht meine Pille gefunden hat, weiß ich, sie ist so gut versteckt, dass kein Hausmädchen der Welt es finden könnte. Er ist so sauer, weil ich ihm nicht sofort berichtet habe, dass ich meine Periode bekommen habe, gestern schon. Meine Schuldgefühle, als er sich gestern Nacht neben mich gelegt hat, haben mich überwältigt und ich wollte nicht die Trauer in seinen schönen Augen sehen. Also habe ich geschwiegen, ein Fehler, mein Fehler und die Strafe, die er mir angedeihen wird, habe ich mit jeder Faser meines Körpers verdient. Ich hintergehe ihn mehr als nur in einer Weise und vielleicht nimmt er mir ja so etwas von der Schuld ab, wie in der Kirche, nur das ich nicht beichte, sondern meine Sünden ihm gegenüber körperlich ertrage. Mein Verstand grenzt sich ab, weiß, dass er jetzt nicht mein Ehemann ist, dass er nicht anders weiß, mit der Enttäuschung, der Trauer, der Wut umzugehen und ich, mein Körper sein Ventil sind.

Ich spüre, wie er meine Leggins vom Körper reißt, mich seine Hand auffordert, auf die Knie zu sinken und automatisch folge ich seiner Anweisung. Das Klappern seines Gürtels dringt an mein Ohr, aber nicht wie er zu Boden gleitet, was bedeutet, dass er für meine Strafe dient.

»Carlos«, spricht er seine rechte Hand an, Schritte folgen darauf und ich spüre, wie mein Pullover zerschnitten und von meinem Leib gezerrt wird. Mein BH folgt, fällt zu den anderen Sachen auf den Boden und lässt mich an der klimatisierten Luft frieren.

»Deine Haut wird dir zeigen, dass du Ruhe brauchst, dein Inneres wird lernen nur noch an eines zu denken und deine Muschi wird heute leer ausgehen, da sie anscheinend nicht weiß, wie man den Lebenssaft richtig verwertet. Da sollten wir nicht noch mehr unnötigen reinpumpen, nur zum Spaß. Das siehst du sicher auch so, Liebling«, prophezeit er mir, will ein Bild in meinem Gehirn hervorrufen, was er mit mir anstellen wird und fast schafft er es, dass meine Vorstellungskraft alles zulässt, ehe ich mir erneut das Bild der weiten Wiese, mit dem großen Baum und der Schaukel hervorrufen kann. Ich werde nach vorne gestoßen, stütze mich auf meinen Händen ab und gleich darauf breitet sich der Schmerz auf meinem Rücken aus. Er gibt mir keine Zeit den ersten Hieb zu verarbeiten, setzt sofort den nächsten hinterher, lässt die Haut auf meinem Rücken brennen und beißt sich in mein Fleisch. Schlag auf Schlag saust auf meine Wirbelsäule, graviert sich in mein Inneres, betäubt meinen Körper und nimmt mir einen Teil meiner Schuld.

Ich versinke immer mehr in das Bild vor mir, bewundere das saftige Grün des Grases, das im Wind weht, sehe wie die Blätter des Baumes rascheln und werde von der Schaukel angezogen. Ein Holzbrett, das zwischen zwei Seilen geknotet ist, so simpel und doch nähere ich mich ihr Stück für Stück. Doch ehe ich sie erreichen kann, mich auf sie setzen und wie ein Kind darauf hin und her gleite, holt mich jemand in die Realität zurück.

Meine Haare werden schmerzhaft nach hinten gerissen, sodass ich den Kopf überstrecken muss und meine Kehle schmerzt.

»Schön weit aufmachen, Piedra preciosa. Du hast doch sonst so einen großen Mund … Heute benutzt du ihn ausnahmsweise für das Richtige«, kommt es hämisch von dem Schmierlappen Carlos, der sich vor meinem Gesicht positioniert hat und mir sein steifes Glied entgegen hält. Es ist nicht das erste Mal, dass er bei einer meiner Strafen beiwohnt, daran beteiligt ist und trotzdem hasse ich jeden Moment, wenn dieser Widerling mich berührt. Gehorsam öffne ich meinen Mund, lasse ihn tief hineingleiten und kann den Würgereflex nicht aufhalten, der alleine beim Gedanken an ihn in mir ausgelöst wird. Ein Penis ist nicht gerade beeindruckend, hat nicht die Größe von Alejandro, bei dessen Blow Jobs ich regelmäßig an meine Grenzen komme und das trotz all der Jahre, die wir verheiratet sind. Der Unterschied ist, dass ich meinen Mann liebe, es mir Freude bereitet, für ihn etwas Gutes zu tun, bei Carlos ekelt es mich einfach nur an. Mit hasserfüllten Augen richte ich meinen Blick in sein Gesicht, zeige ihm nonverbal meine Missbilligung und beschäftige mich einzig und allein damit, nicht auf sein Genital zu erbrechen. Dass ich nicht wirklich bei der Sache bin, stört ihn aber nicht, geilt sich immer mehr selbst auf, grinst mir entgegen und wird schneller. Im schnellen Rhythmus versenkt er sich in mir, ich spüre wie er beginnt anzuschwellen und bereite mich darauf vor gleich seinen widerlichen Geschmack auf der Zunge zu haben, als mit einem Ruck mein Höschen von meinen Hüften gerissen wird und sich etwas warmes hartes an meinem Po reibt.

Oh scheiße, blitzt es durch meinen Kopf, da nehme ich am Rande wahr, wie Alejandro auf meinen Anus spuckt, was bei weitem nicht genug ist. Das weiß ich noch zu gut von meiner letzten Begegnung mit ihm in diesem Zustand. Er wird nicht sanft sein, nicht zärtlich und auf keinen Fall daran denken, mir nicht weh zu tun. Alejandro schiebt sich mit einem kräftigen Stoß in mein dunkles Loch, was mich zum Schreien bringt, dieser jedoch von Carlos kleiner Männlichkeit gedämpft wird und ich mich fast verschlucke, da er gleichzeitig in meinen Mund spritzt. Wiese, Wiese, Wiese, Wiese … Schreie ich meinen Verstand an, mich zurückzubringen, mich taub werden zu lassen, damit ich dieser Hölle entfliehen kann. Doch die Schmerzen halten mich im Hier und Jetzt gefangen, Tränen laufen mir die Wange hinunter, während der Schmierlappen meine Haare loslässt und seinen nun schlaffen Penis eingepackt.

»Kein Durchhaltevermögen der Gute, oder was meinst du, Liebling?«, fragt mich Alejandro, woraufhin ich nur wimmere und meinen Kopf nach vorne fallen lasse, die Augen zupresse und mein Mantra wiederhole.

»Wir sind aber noch nicht fertig, Liebling ... Ismael«, ruft er nach der anderen Person, die Zeuge meiner Pein wird und etwas, das ich schon lange nicht mehr gespürt habe, in diesem Zusammenhang setzt sich in meine Knochen. Scham. Eine Art Beklemmung überkommt mich, als mir bewusst wird, dass er die ganze Zeit zugesehen hat, alles mitbekommt und was wohl seine Gedanken sind.

Ich halte meinen Kopf gesenkt, atme hektisch gegen den Schmerz, den Alejandro verursacht, mich mit seinem Glied in meinem After spaltet, mich spüren lässt, wie verdammt sauer er ist und ich schaffe es einfach nicht zurück auf meine verdammte Wiese. Ich kann meinen Ort nicht betreten, der mich aus dieser grausamen Welt entfliehen lässt und mir hilft, diese Pein zu ertragen. Meine Sechster Sinn verrät mir das Ismael vor mir steht, da meine Augen immer noch geschlossen sind, die Atmung durch meinen Mund keinen Geruch zulässt und das rauschen in meinen Ohren nicht zulässt das ich etwas anderes höre, als das Blut das sich eilig seinen Weg durch meine Adern sucht. Eine Hand umgreift mein Kinn, hebt meinen Kopf in die Höhe, veranlasst mich, meine Augen zu öffnen und ich begegne einem Gesicht, das ausdrucksloser nicht sein könnte. Keine Falten auf seiner Stirn, keine aufgeblähten Nasenlöcher, die ein Gefühl preisgeben könnten, der Mund eine entspannte Linie, nur seine Augen brennen sich in meine.

Ismaels braune Iriden halten mich fest, zwingen mich tief

in sie zu schauen, halten mich mit ihrer Intensität gefangen und zwingen mich, seine stummen Worte zu hören und zu verinnerlichen.

Vertrau mir.

Er schiebt seinen Daumen in meinen Mund, öffnet ihn, drückt meinen Kiefer runter und tauscht dann seinen Finger gegen seinen Penis. Die ganze Zeit über bohrt sich sein Blick in meinen, fordert die Einhaltung meinerseits unseres Deals ein und verankert die Erinnerung daran tief in mir. Meine Lippen schließen sich um seinen Schaft, meine Zunge begegnet dem neuen Eindringling und als ich es spüre, vergrößern sich meine Augen vor Erstaunen.

Er hat eine beachtliche Länge, sein Geschmack widert mich nicht an, wie der von Carlos, er löst nicht den Impuls aus, mich sofort übergeben zu wollen, aber er ist nicht hart. Sein Glied liegt schlaff auf meine Zunge, zuckt nicht, ist ungerührt von der Wärme meiner Mundhöhle, vom Druck, den ich ausüben muss, damit er mir nicht sofort entgleitet und sein Geheimnis, nun unser gemeinsames Geheimnis gelüftet wird, denn mein Ehemann soll nicht wissen, dass Ismael nicht Teil meiner Bestrafung ist. Kein Teil sein will, was mir seine braunen Tiefen versprechen und mich gleichzeitig anflehen, meinen Beitrag zu seiner Scharade zu tragen.

Alejandro beginnt sich wieder brutal in mich zu schieben, reißt mich weiter in zwei, schickt Welle nach Welle an unertragbaren Schmerz durch meinen Körper und meine Sicht beginnt wieder zu verschwimmen. Meine Lider schließen sich wieder in dem Versuch dem hier zu entkommen, aber eine Hand in meinem Nacken veranlasst mich dazu aufzuschauen. Meine Augen begegnen seinen, halten mich fest, verlangen, dass ich nicht wegschaue und es wird … ertragbarer.

Meine Konzentration liegt auf ihm, nicht auf dem Schmerz, der durch meine Adern rast, nicht auf dem Gefühl der Fremdkörper in mir, sondern auf ihm. Ismael, lenkt mich ab, hält mich gefangen mit unserer Unterhaltung, dem Austausch, den wir im Stillen führen und das Vertrauen sich zwischen uns bildet. Ein Band beginnt sich zwischen uns zu spannen, webt sich mit jeder Faser zu einem dicken Tau, das sich fest um unser Innerstes schlingt und jeder von uns beiden weiß, sollte es jemals darauf ankommen, wir werden immer den anderen Rücken freihalten. Diesen Bund, den wir eingegangen sind, ehren und niemand, nicht einmal Alejandro wird es jemals zerschneiden können. Inmitten der schlimmsten Pein habe ich einen neuen Freund gefunden, einen echten, einen, von dem ich weiß, dass er nur das Beste für mich will, sein Bestes für mich geben wird, und meine Augen versprechen ihm das Gleiche.

Ismaels Mund öffnet sich, ein tiefes Stöhnen entweicht seinen Lippen und markieren das Ende. Mitspielend schlucke ich einige Male, so als würde ich seinen Orgasmus durch meinen Hals schieben, während er sein Glied, das keinen einzigen Moment steif war, schlaff in seine Hose packt. Er tritt einen Schritt zurück, trennt unseren Blickkontakt und wirft mich mit seinem fehlenden Kontakt in den Strudel. Schmerz zieht mich in meine Umgebung zurück, warme Flüssigkeit rinnt meine Schenkel hinab und meine Muskeln versagen ihren Dienst. Ich breche auf dem Marmor zusammen, lege mich auf die Seite und kann das Zittern, das von meinem Körper Besitz ergreift, nicht aufhalten.

»Wartet in meinem Büro auf mich«, wendet sich Alejandro an die beiden Männer, kniet sich neben meinen Leib, schiebt seine Hände unter mich und hebt mich in seine Arme, was mich vor Schmerz wimmern lässt. Er trägt mich die Stufen hinauf, legt mich behutsam in unser Bett und sein schönes Gesicht taucht vor meinem auf.

Seine Hand legt sich auf meine Wange, streichelt zärtlich über die nassen Spuren, trocknet meine Tränen und seine Miene strahlt mir liebevoll entgegen.

»Victoria, mein Liebling, du weißt, es schmerzt mich genauso. Dein Körper muss lernen, was gut ist und ich habe dir versprochen, immer und in allem hilfreich zu sein. Ich weiß, du verstehst es, du bist mein kostbarster Besitz, mein Diamant und ich kann mir nichts Schöneres vorstellen, als ein Kind von dir zu bekommen. Unser Gelübde, einander nie zu verlassen, damit zu stärken und keinen unserer Wünsche je unerfüllt zu lassen. Ich habe dir versprochen, alles auf dieser Welt zu zeigen und dazu gehört auch, wie es ist, in einer richtigen Familie zu leben, in unserer, Victoria«, flüstert er mir entgegen, öffnet damit mein Herz und für einen kleinen Moment lasse ich es zu, schenke der Zukunft, die er für uns sieht ein Bild.

Ein kleiner Junge, eine Kopie von ihm, der mit seiner kleinen Schwester auf der Terrasse fangen spielt. Ich höre das

Lachen, das glückliche Quietschen und die schnellen Schritte ihrer kleinen Füße. Fühle die Wärme ihrer Körper, die sich im Bett an mich kuscheln, während ich ihnen eine Geschichte vorlese, ihnen Gutenachtküsse auf die Stirn hauche und sie fest an mich presse um meiner Liebe Ausdruck zu verleihen. Ich stelle mir vor, dass sie nach Talkumpuder riechen, nach den Blumen im Garten, da sie so viel Zeit in ihm verbringen, ihr Duft steigt in mir empor, verfestigt sich in mir und ich speicher ihn ab.

Eine Träne gleitet aus meinen Augen, in ihr all die Bilder, die ich gerade gesehen habe und von denen ich mich verabschiede. Denn so schön wie sie sind, so haben sie mir gezeigt, dass nur ich es sein werde und ich ihn nicht darin sehen kann. Ihn und seine grausame Seite nicht mit den kleinen Schätzen in Einklang bringen kann.

»Ruh dich aus, ich sehe später nach dir«, unterbricht er meine Gedanken, haucht mir einen Kuss auf die Stirn, erhebt sich und verlässt das Zimmer. Auch wenn ich mir für ihn das Bild der Familie wünsche, ich sein tiefes Begehren danach verstehe, so tue ich doch das, was jede Mutter tun würde.

Ich beschütze meine Kinder.

Ismael

4 Jahre - 10 Monate - 21 Tage

»Alejandro, es sollten nicht so viele von ihr wissen«, versucht er auf seinen Boss einzureden, dessen Antwort ich nicht hören kann, aber an seinem Gesicht sehe ich, dass es nichts bringt.

»Es ist mir egal, wie neutral er ist. Das wird böse enden, mein Freund, glaub…«, Martínez scheint ihn zu unterbrechen, was ich sehr schade finde, denn alles, was für sie böse enden könnte, ist ein Punkt mehr auf meiner Liste der Möglichkeiten, sie zu vernichten.

»Ich schicke Ismael und«, wieder unterbricht ihn sein Gegenüber, scheint wohl nicht sehr erfreut zu sein, dass Carlos seine Bedingungen nicht erfüllen wird.

»Es ist mir scheiß egal, Alejandro. Du hast den Doktor eingeladen, entweder holst du ihn persönlich oder Ismael, ich will damit nichts zu tun haben. Dieses Mal wird MEIN Gesicht aus der ganzen Geschichte rausgehalten. Soll er so neutral sein wie er will, auf keiner Seite stehen, wenn er sie sieht, wird er anders denken, anscheinend hast auch du vergessen, wer sie ist.«

»Jeden Tag weiß ich das! Vergiss nicht deinen verdammten Platz, Carlos«, brüllt Martínez so laut, dass ich jedes einzelne Wort aus dem Hörer verstehen kann und das, obwohl es an den Kopf des Mannes vor mir gepresst ist, der jetzt schmerzhaft den Mund verzieht.

»Nunca Jefe«, antwortet er auf spanisch. Niemals Boss, heißt es und sein Ton verrät, wie ihm diese Worte auf der Zunge schmecken, kurz darauf beenden sie das Telefonat. Das Handy landet auf dem Schreibtisch, der zwischen mir und der rechten Hand des Monsters steht, während er sich seufzend in seinen Stuhl zurücklehnt.

»Du musst in drei Stunden am Flughafen sein«, richtet er das Wort an mich, starrt dabei weiter die Decke an und sein genervter Unterton entgeht mir nicht.

»Lo tienes jefe«, geht klar, Boss, lasse ich es mir nicht nehmen, ihm einen kleinen Seitenhieb zu verpassen und kann das Grinsen nicht aus meiner Stimme halten. Meine Antwort lässt seinen Kopf zu mir schnellen, der Ausdruck auf seinem Gesicht erzählt mir, wie er sich gerade vorstellt, seine Hände um meinen Hals zu legen und ordentlich zuzudrücken, um mir meine Luft und damit mein Leben zu nehmen. Dieser Gedanke beruht auf Gegenseitigkeit. Kein Tag vergeht, an dem ich nicht das Gleiche mit ihm anstellen will, und doch zeige ich keinen Moment meine wahren Absichten mit ihm auf meinem Gesicht.

»Du wirst eines meiner Autos nehmen, zum Flughafen fahren, am VIP Gate einen Matteo Rossi und seine Frau abholen, sie zum Anwesen von Alejandro bringen und sofort wieder hierher kommen. Verstanden?«

»Sí. Wer ist dieser Matteo?«

»Ein Arzt.«

»Arzt?«

»Ja, ein Arzt. Er kommt aus New York, ist aber bekannt für seine Arbeit. Er … naja sagen wir es mal so, ihn rufst du an oder gehst in seine Klinik, wenn gewisse Behörden nichts erfahren dürfen. Dadurch hat er Kontakt zu sehr einflussreichen Männern und Organisationen in der Unterwelt. Matteo beteuert zwar, dass er neutral ist und sich auf keine Seite ziehen lässt, aber der Mann hat so viel Wissen, für den richtigen Preis ist jeder käuflich«, erklärt er mir bereitwillig, wen ich da abholen soll und warum er so besorgt ist. Ich kann seine Bedenken verstehen, würde ich genauso denken, er weiß aber nicht, dass ich weiß, wer genau Victoria ist, also muss ich auf dumm tun und eine idiotische Bemerkung machen.

»Du hast Angst, dass er unsere Geschäfte verrät? Und wozu braucht er einen Arzt? Haben wir nicht genug auf unserer Gehaltsliste?«

»Er wird nicht in die Nähe irgendwelcher Geschäfte kommen verstanden. Er soll sich Victoria anschauen, ihre Strafe war wohl nicht ausreichend genug und aus irgendeinem Grund will er diesen Quacksalber haben. Bitteschön … Tue einfach, was ich dir gesagt habe und komm so schnell wie möglich wieder zurück. Ich brauche dich hier«, beendet er unsere Unterhaltung, füllt das Glas, das auf seinem Tisch steht, mit einem großen Schluck Gin und entlässt mich damit aus seinem Büro.

Meine Knöchel treten weiß hervor, so angespannt umgreife ich das Lenkrad in meinen Händen, während ich den Wagen sicher über die Straßen lenke und Martínez Gäste vom Flughafen zu seinem Haus fahre. Meine Gedanken rasen von einem Szenario zum anderen, doch alle enden mit dem gleichen Ergebnis und ich muss es umsetzen, schnell.

Das hier könnte das erste Mal in fast fünf Jahren sein, dass ich einen Fehler begehe, unüberlegt handele, aber ich muss Victoria schützen, ich will ihr helfen, das letzte Mal habe ich sie vor knapp zwei Monaten gesehen. Da kniete sie vor mir, mit meinem… Ich schüttele meinen Kopf, um die grässlichen Bilder zu vertreiben und mich nicht wie jeden Abend in dem Strudel aus Ekel zu verlieren. Wir haben an diesem Tag ein Bündnis geschlossen, das konnte ich fühlen und ich werde mein Bestes geben, um ihren Rücken zu stärken. Vielleicht ist es dumm, vielleicht gefährde ich damit alles, und all meine Arbeit, alles was ich die letzten Jahre über getan habe um die Tarnung aufrecht zu erhalten, ist nach meiner Aktion für die Katz. Aber sie ist es wert, sie verdient es, dass sich jemand um sie kümmert, nur ihre Interessen wahrt und nicht seine eigenen Selbstsüchtigen.

»Lass dich nicht von ihnen an der Nase herum führen und sollte irgendwas sein, du kannst mich jeder Zeit anrufen, oder Matteo, der Jet steht jederzeit bereit und wir wären in knapp 10 Stunden da, ach und…«

»Es ist alles gut, Bella«, unterbricht Matteo seine Frau, die seit wir das Flughafengelände verlassen haben, am Telefon hängt und besorgt ihren Gesprächspartner bearbeitet. Er nimmt ihr das Telefon aus der Hand, entschuldigt seine Frau, legt auf und steckt das Handy ein.

»Matteo, gib mir mein Telefon wieder, was ist wenn etwas mit den Kindern ist oder der Klinik oder der Familie, ich brauche es.«

»Sollte etwas sein, habe ich das Telefon und mein eigenes ist auch bei mir. Beruhig dich, es wird schon nichts passieren.«

»Du sagst das so einfach, ich bin ihre Mutter…«

»Amelia, Schluss jetzt«, unterbricht er sie wieder im barschen Ton, der Ausdruck auf seinem Gesicht, den ich durch den Rückspiegel erkenne, sagt jedoch was anderes. Er schaut sie liebevoll an, streichelt ihre Wange und drückt ihr einen sanften Kuss auf die Lippen.

»Es ist alles gut«, flüstert er ihr entgegen und geschlagen seufzend schmiegt sie ihr Gesicht an seine Hand. Mein Blick wendet sich wieder auf die Straße und ich erkenne, dass wir gleich die Stelle erreichen, an der ich meinen Deal mit Victoria geschlossen habe. Wie passend, schießt es mir durch den Kopf und ich lenke den Wagen an den Straßenrand, stelle den Motor ab und wende mich an meine Passagiere. Ich halte meinen Zeigefinger an die Lippen, zeige ihnen mit der Geste, dass sie nichts sagen sollen, und nicke mit meinem Kopf zu ihrer Tür und steige als erster aus.

»Was soll das?«, donnert Matteo mir entgegen, als er aus dem Auto gestiegen ist und auf mich zukommt, seine Frau folgt ihm auf den Fuß. Beide richten sich vor mir auf, sie bilden eine Einheit und es ist klar sichtbar, dass mit ihnen nicht zu scherzen ist. Wer tagtäglich mit Kriminellen zu tun hat, muss wissen, wie man die bösen Jungs in Schach hält und gerade zähle ich zu einem von ihnen.

»Ich habe eine Bitte«, beginne ich, weiß nicht genau, was ich eigentlich sagen will, nur dass ich alles versuchen muss, für sie.

»Eine Bitte? Junge, ich glaube du hast keine Ahnung, mit wem du es zu tun hast.«

»Nein, nicht wirklich. Ich weiß nur, dass sie aus New York kommen, dort anscheinend eine Klinik besitzen und ein Arzt sind, den man anruft, wenn Dinge nicht ganz so gelaufen sind, wie sie sollten. Ich habe auch keine Ahnung, warum genau Martínez sie gerufen hat, aber ich kann es mir denken und sollte meine Befürchtung wahr sein, dann wird es eine ziemlich große Bitte sein«, antworte ich ihm, lege meine Karten auf den Tisch und merke erst jetzt so richtig, wie verzweifelt ich bin.

Carlos hat es nur angedeutet, aber ich bin mir sicher, dass Victoria in den letzten Monaten weiterhin die Pille genommen hat und so eine Schwangerschaft verhindert hat. Sie kämpft weiter, trotzt des Monsters, das ihr Grausames antut und sie kann etwas Hilfe gebrauchen. Meine Hilfe. Ich bin mir sicher, sie hat in ihrem Leben genug ertragen, stand genug Herausforderungen alleine entgegen, niemanden an ihrer Seite, der ihr den Rücken stärkt, ihr die Last abnimmt, sie schützt. All das habe ich ihr beim letzten Mal mit meinem Blick versprochen, stand ihr bei, wollte, dass sie in meinen Augen sieht, was ich nicht vor ihrem Ehemann aussprechen konnte. Ich bin da! Und zur Hölle, sie hat es verdient, dass ich alles aufs Spiel setze, kein Mensch sollte jemals so alleine sein, nach all dem, was diese unschöne Welt zu bieten hat und ihr Glück scheint seit über einem Jahrzehnt zu schlafen. Entführt, aus ihrem zuhause entrissen nur um am Ende bei Alejandro Martínez zu landen, seine Frau zu sein und in seinem Käfig ein Dasein zu fristen, das bestimmt luxuriös ist, allerdings der Preis zu hoch, für das, was sie aufgibt. Sich.

»Außerdem bin ich verheiratet, habe zwei Kinder und bin Erbe der Familiá Rossi, der größten Mafia Organisation Italiens, mit mir legt man sich nicht an«, führt er meine Aufzählung zu Ende und in meine Knochen sickert das Verständnis, was seine Aussage mit sich zieht. Ich habe nichts zu bieten, um ihn zu überzeugen, kann nicht mit meinem Trumpf, sollte er mir helfen, bei meinen Vorgesetzten ein gutes Wort einzulegen und dass unser baldiger Präsident ihm danken wird, punkten. Allein wegen seines Status wird er nichts mit den Behörden zu tun haben wollen, noch weniger dabei helfen, das Gute zu tun und mit hoher Wahrscheinlichkeit wird er mich auffliegen lassen. Ich werde wie der Typ in Marínez Spielhalle enden, von der Decke hängen und ein neues seiner Kunstwerke darstellen, wenn er mit mir fertig ist. Jedoch spüre ich bei dem Gedanken keine Angst, die Gefahr bestand immer, war mein penetranter Begleiter und hat dieses Gefühl erstickt. Meine Sorge um sie ist größer, meine eigene Ehre, mein Wort zu halten, überlagert alle Bedenken und sollte ich sterben, dann in dem Versuch, alles getan zu haben, um ihr Leben erträglicher zu machen. Sie zu schützen, bis ich soweit bin sie zu retten.

»Lass ihn ausreden, Matteo«, mischt sich seine Frau ein, legt eine Hand auf seinen Brustkorb und schaut besänftigend zu ihm auf. Er schließt kurz die Augen, kneift mit seiner Hand in seinen Nasenrücken und schnaubt ungläubig auf.

»Sprich«, fordert er auf und ich verliere mich keine Sekunde länger in meinen Gedanken, was passieren wird.

»Ich vermute, Martínez hat euch eingeladen, um seine Frau zu untersuchen und herauszufinden, warum sie nicht schwanger wird. Eigentlich war sie schon bei einem Arzt hier vor Ort, aber er ist ein schlauer Mann und weiß, dass Ergebnisse in diesem Land für ihn und seinen Willen gefälscht werden. Ich setze mit dem, was ich erzähle, viel aufs Spiel, aber für … Sie ist Victoria Martínez, geborene Brown, Tochter von Senator Brown und mit hoher Wahrscheinlichkeit bald Präsident Brown. Sie wurde im Alter von 13 entführt und ich habe keine Ahnung, wie sie hierher gekommen und seine Frau geworden ist, aber ich weiß, dass sie alles tut, um zu verhindern, ein Kind von ihm zu bekommen. Sie nimmt die Pille und der Arzt, bei dem ich mit ihr war, hat eine Menge Geld dafür bekommen, ihr Geheimnis zu bewahren. Worum ich also bitte ist … Lasst sie nicht auffliegen.«

Stille legt sich über uns, ich sage kein Wort, lasse das Gesagte auf sie wirken und warte auf ihre Antwort. Beide schauen mich nur an, verarbeiten alles, reimen sich das nicht gesagte zusammen und tauschen einen Blick aus, den ich nicht deuten kann.

»Wie lange sind sie von zuhause weg, Soldat?«, richtet er sich an mich, versetzt mich in Schock. Geschlagen lasse ich mich auf den roten Sandboden nieder.

»Fast 5 Jahre«, gebe ich von mir, vergrabe meine Hände im Gesicht und lasse die Resignation meinen Körper fluten. Das war es also, mein größtes Geheimnis ist raus, all meine Arbeit umsonst und Victoria kein Stück näher an ihrer Freiheit, über die ich mir, seit ich sie vor Monaten bei ihm entdeckt habe, Gedanken mache.

»Eine lange Zeit«, merkt seine Frau an, die an mich getreten ist und sich neben mich setzt. Ich nicke ihr nur entgegen, schaffe es nicht meinem Schicksal entgegen zu treten, noch nicht, wenn wir bei Martínez ankommen, werde ich erhobenen Hauptes mein Urteil antreten, aber jetzt, in diesem Moment, erlaube ich mir die Minute des Scheiterns und der Trauer über meinen Misserfolg.

»Treibt dich die Liebe zu deinem Vaterland an? Oder ist Sie der Grund?«, ich höre die Worte, lasse sie in mein Inneres und denke darüber nach. Kann es sein, dass ich Gefühle für sie habe? Definitiv haben wir eine Verbindung, ich habe den starken Drang sie zu beschützen, für sie einzustehen, derjenige zu sein, der das Richtige für sie tut. Das alles macht noch keine Gefühle aus, dafür kenne ich sie nicht wirklich und sie sind nicht das, was mich antreibt.

»Ich denke, Sie hat schon genug gelitten.«

»Dann werden wir dafür sorgen, dass euer Geheimnis sicher ist«, sagt Amelia, neben mir, legt eine Hand auf meine Schulter und ich hebe meinen Kopf in ihre Richtung.

»Bella, so läuft das nicht.«

»Mir egal, wenn es stimmt, was er sagt, haben wir die Pflicht, das arme Mädchen zu unterstützen.«

»Amelia, wir bleiben neutral, wir liefern gute Arbeit und machen einen kleinen Urlaub, wie besprochen, mehr nicht, Basta.«

»Matteo«, erwidert sie in einem scharfen Ton, erhebt sich, geht auf ihn zu und legt eine Hand an seine Wange. Stumm tauschen sie Blicke aus, sprechen ohne zu reden, führen eine ganze Konversation ohne ein Wort zu sagen, ein solches Verständnis füreinander, eine solche Liebe, lässt mich neidisch weg schauen, es fühlt sich nicht richtig an, sie zu beobachten.

»Lass es mich nicht bereuen, Bella. Junge, wie ist dein Name?«

»Ismael.«

»Dein Richtiger?«

»Darren, Darren Miller«, antworte ich ihm, er weiß eh schon genug und es tut verdammt gut ihn nach all den Jahren mal auszusprechen.

»Für dich gilt das gleiche, Darren. Ich kenne deinen Namen, ich weiß, was du tust. Halt du deinen Mund und ich halte meinen. Deal?«

»Deal.«

Victoria

»I can't take it, kiss me with the lips of doubt«

- The Tech Thieves

Meine langen blonden Haare verlaufen in einem Geflecht aus goldenen Strähnen über meinen Kopf und enden auf meinem linken Brustansatz. Ab und an habe ich einzelne Korkenzieherlocken ausgearbeitet, die mein Gesicht umrahmen und es hübsch in Szene setzen. Mein Make-up ist neutral gehalten, mein Lipgloss das einzige, was schimmert und meinem natürlichen Ton das gewisse Etwas verleiht. Zum Abschluss lege ich noch meine Ohrringe an. Kleine Diamantstecker, an denen eine Goldkette hängt und deren Enden jeweils eine hübsche Perle schmückt.

»Mein Diamant«, ertönt Alejandros Stimme seitlich von mir an der Tür und bei seinem Kommentar wird meine Brust warm. Ich drehe meinen Kopf zu ihm, strahle ihn an und sauge seinen Anblick in mich auf. Er trägt eines seiner weißen Hemden, das so wundervoll seinen trainierten Körper betont und dessen Ärmel er bis zu seinen Ellenbogen hochgekrempelt hat und seine definierten Unterarme zeigt. Dazu hat er eine blaue Anzughose kombiniert, deren Nachtblau elegant aber nicht zu protzig wirkt und neben mir und meinem tannengrünen Sommerkleid perfekt passen wird. Als ich an seinem schönen Gesicht ankomme, entdecke ich den sanften Ausdruck, mit dem er mich anschaut und erkenne die Liebe in seinen Augen. Sie funkeln mir mit purer Leidenschaft entgegen, mustern mich von Kopf bis Fuß und ziehen mich in ihre Tiefe, geben ein klein wenig seines Inneren preis. Mein Herz beginnt deutlich in meiner Brust zu schlagen, erhöht sein Tempo für ihn, als wollte es ihm beweisen, dass es nur für ihn arbeitet und es immer wird.

»Danke«, antworte ich ihm, spüre wie mir bei seinem Blick die Röte auf die Wangen tritt und schaue wieder zum Spiegel, um mich noch einmal zu betrachten und zu sehen, was er sieht. Eine Frau, die dank ihm lebt, sicher ist, beschützt wird und sich tatsächlich im Spiegel ansehen kann. Meine Erscheinung heute unterscheidet sich drastisch zu dem verdreckten, mit Hämatomen übersäten, misshandelten Kind, das er gerettet und aufgenommen hat. Er hat meine Wunden versorgt, meine äußerlichen Wunden behandelt, dafür gesorgt, dass sie langsam heilen und dann hat er mir mit viel Geduld gezeigt, was Leben heißt. Nicht das, wie ich es bei meinen Eltern hatte, er hatte keine Erwartungshaltung an mich, verlangte keine außerordentliche Leistung von mir, wollte nichts anderes, als dass es mir gut ging und das hat er mit bravour geschafft. Hat sich mit seinen Handlungen in mein Innerstes geschlichen, mein Herz erobert und ist zu der Liebe meines Lebens geworden.

Eine Hand legt sich auf meine Schulter, streichelt die freie Seite meines Nackens nach, ehe den Fingern Lippen folgen und sich unsere Augen im Spiegel begegnen.

»Wir müssen runter und unsere Gäste begrüßen, Liebling.

Bist du soweit?«, richtet er das Wort an mich, haucht die Worte in mein Ohr, fixiert mich dabei mit seinen dunklen Iriden und sendet ein Schauer der Erregung durch meinen Körper. Er sieht, was sein Tonfall bei mir auslöst. Es ist immer so leicht für ihn, meinen Körper in Flammen zu setzen, brennt er ja ständig für ihn, labt sich an jeder seiner Liebkosungen und wartet nur auf das Inferno, das er entfachen kann. Aus seiner Brust ertönt ein tiefes Lachen, das, wenn ich es getan hätte, ein Kichern gewesen wäre, aber bei diesem Mann klingt dieses Wort eindeutig zu niedlich und was der Klang in meinem Inneren auslöst, passt schon gar nicht zu dem niedlichen Ausdruck.

»Más tarde … Später«, haucht er wieder in mein Ohr, hat dabei ein Grinsen auf den Lippen und erhebt sich hinter mir. Ich tue es ihm gleich, folge Alejandro über den Flur, gehe gemeinsam mit ihm die Treppe hinunter und stelle mich an der offenen Eingangstür direkt neben ihn. Sobald wir stehen, fährt auch schon ein Auto vor, hält vor dem Eingang und ich entdecke Ismael, der aussteigt und sich eilig aufmacht, die hintere Wagentür zu öffnen, aus der ein Mann tritt.

Er hat dunkelbraune Haare, einen Dreitagebart und trägt eine Pilotenbrille als Schutz gegen die Sonne. Direkt nach ihm kommt eine Frau aus dem Fond des Wagens, genauso dunkle Haare wie er, das in der Mittagssonne schimmert, mit Kurven für die jede Frau sterben würde und auf ihren Absätzen bewegt sie sich grazil mit dem Mann gemeinsam zu mir und Alejandro. Mein falsches freundliches Lächeln halte ich auf meinen Lippen, dasselbe mit dem ich jeden Besuch an der Seite meines Ehemannes begrüße und spüre schon die ersten Schweißtropfen auf meiner Stirn erscheinen, so heiß brennt die Mittagssonne. Die beiden kommen bei uns an, Alejandro streckt seine Hand aus und ergreift die des Mannes, hat dabei ein Lächeln auf den Lippen und in seinen Augen blitzt richtige Freude über den Besucher auf.

»Matteo, welch eine Freude, dass Sie es einrichten konnten, anzureisen und ich vermute Ihre hübsche Frau?«, empfängt er die Gäste, entlässt die Hand von Matteo und richtet seinen Fokus auf die Frau. Diese strahlt zurück, schmiegt sich an die Seite ihres Mannes und hebt ihre manikürte Hand zum Gruß.

»Das Angebot war schwer auszuschlagen, Alejandro. Meine Frau Amelia und ich haben schon ewig keinen Urlaub gemacht und ihre Nachricht kam uns sehr gelegen. Wir dachten uns also, warum nicht das Nützliche mit dem Angenehmen verbinden, wie man so schön sagt.«

»Victoria und ich machen auch viel zu wenig Urlaub, aber sie wissen das ja, die Arbeit schläft nie. Kommt rein, hier draußen fließt man davon.« Er dirigiert mit seiner Hand beide hinein, führt sie in das klimatisierte Innere des Hauses und raus aus der sengenden Hitze. Hinter ihnen kommt Ismael mit Koffern bepackt rein, stellt sie im Eingangsbereich ab und wendet sich dann wieder zum Gehen.

»Ismael, hol dir was zu trinken aus der Küche und gesell dich zu uns«, unterbricht er ihn in seinem Vorhaben, woraufhin er in seinem Schritt innehält, statt aus der Tür zu treten, sie schließt und stumm in Richtung Küche geht.

»Lasst uns ins Esszimmer gehen, ich habe einen kleinen Snack vorbereiten lassen, sicher sind sie hungrig von der Reise«, wende ich das Wort an unsere Gäste, gehe voran und führe uns alle zum Speiseraum. Eines der Hausmädchen verteilt Wasser in die vorbereiteten Gläser, stellt sich danach an eine Wand und wartet auf ihren weiteren Einsatz. Kurz darauf betritt Ismael das Zimmer, schaut auf das Kopfende des Tisches, an dem Alejandro sitzt, links von ihm ich und mir gegenüber Matteo mit Amelia. Er setzt sich neben unsere Gäste auf den Platz, dem ihm die Rangordnung vorgibt. Hätte Matteo nicht seine Frau dabei, würde er direkt neben mir sitzen. Wäre Carlos an seiner Stelle hier, wäre sein Platz direkt neben Alejandro und damit rechts von ihm gewesen. Alles eine Frage des Respektes. Mein Ehemann steht an der Spitze, daneben ich, als sein Anhang, danach kommt seine rechte Hand, Carlos und jeder andere steht unter uns. Sind allerdings Gäste, da stehen diese direkt unter uns und dadurch automatisch über den unteren Rängen. Kompliziert, aber hat man es einmal verstanden, ist es in einem implantiert, zumindest habe ich es schnell gelernt, nachdem ich so töricht war und einen Bauern, wie er ihn nannte, eingeladen habe, sich gegenüber von mir zu setzen. Meine Strafe bestand darin, am nächsten Abend aus einem Napf zu essen, den er zu seinen Füßen stehen hatte, damit ich lernte, wo mein Platz ist. Definitiv ist mir dieser Fehler danach nie wieder passiert.

»Wie gefällt es euch denn bisher? Ich weiß, ihr habt noch nicht viel vom Land gesehen, vielleicht können wir euch ein wenig herumführen«, lenke ich mich von den dunklen Gedanken ab, wollte ein Gesprächsthema finden und merke erst danach, dass ich mich mit Alejandro hätte absprechen sollen, was für Themen okay sind. Allerdings hätte er mir auch erzählen können, dass ein Paar zu Besuch kommt, so hatte ich mit den üblichen Partnern von ihm gerechnet, mit denen ich nie spreche, es sei denn, sie sprechen mich an. Besorgt schaue ich ihn aus dem Augenwinkel an, versuche seine Miene zu deuten und sehe, dass er auf meinen Vorschlag überhaupt keine Reaktion zeigt. Ein gutes Zeichen. Ein Schnauben lenkt meinen Blick von Alejandro auf Ismael, der in sein Glas schaut, ehe er einen Schluck nimmt und dann beginnt zu sprechen.

»Ich musste anhalten, weil sie Affen gesehen hat.«

»In freier Wildbahn! Ich komme aus New York, außerhalb des Bronx Zoo sieht man da zufällig keine in Bäumen, von denen haben wir auch nicht so viele wie ihr hier«, verteidigt sich Amelia, verschränkt die Arme vor der Brust, hat die Augen zu Schlitzen geschlossen und funkelt ihren Sitznachbarn an. Ich kann mir lebhaft vorstellen, wie sie halt geschrien hat und Ismael einen Herzanfall bekommt, weil es für uns eine Tagtäglichkeit ist, die Primaten durch die üppigen Wälder streunen zu sehen.

»Es waren Affen.«

»Süße kleine Affen und du hast zu spät angehalten. Sie waren verschwunden, aber ich habe sie gesehen.«

»Ich habe auch nichts anderes behauptet, aber deswegen 15 Minuten am Straßenrand bei der Hitze zu stehen, war nicht notwendig«, beginnt er seinen Unmut kund zu tun, verdreht die Augen bei seiner Aussage dramatisch und ich muss mein Lachen zurückhalten.

»Ismael«, mischt sich Alejandro ein, sendet einen mahnenden Blick in seine Richtung und seine Aussage ist unmissverständlich. Benimm dich den Gästen gegenüber.

»Ich kann es nicht abwarten, den Kindern davon zu erzählen. Glaubst du, wir sehen nochmal welche? Ich würde gerne ein paar Fotos haben«, strahlt sie ihrem Mann entgegen, hat dabei einen verträumten Blick und ihre Aufregung ist ansteckend. Mein Mund öffnet sich schon für eine Antwort, da ich ihr versichern will, dass sie die Baumkünstler noch öfter sehen wird, aber Alejandro ergreift vor mir das Wort.

»Sie haben Kinder?«

»Ja, einen Sohn und eine Tochter«, antwortet ihm Matteo, wirkt dabei angespannt und sein Ton verrät, dass er nicht mehr über seine Familie erzählen wird. Absolut verständlich in unseren Kreisen. Alles, was dein Gegenüber weiß, kann gegen dich verwendet werden und die Familie ist immer die erste Angriffsstelle, um zu bekommen, was man will. Entführung, Erpressung, weil man Material hat, wie die Frau oder der Mann nicht ganz treu war, oder man schickt Bilder des geliebten Angehörigen, der nicht mehr ganz so unberührt ist, an die Verwandschaft, von der man etwas will. Nicht, dass ich es je so direkt mitbekommen habe, aber wie ich sagte, ich bin nicht blind was die Geschäfte meines Mannes angeht und meine Gründe, keine Kinder mit ihm zu bekommen, beruhen mitunter darauf. Alejandros Hand legt sich auf meine, holt mich aus meinen Gedanken und es kostet mich alle Mühe, mich bei seinen nächsten Worten nicht anzuspannen oder meinen Gesichtsausdruck neutral zu halten.

»Meine Frau und ich wünschen uns auch Kinder … Ich muss gestehen, das ist auch der Grund, warum ich euch eingeladen habe. Unser Arzt vor Ort hat sie schon untersucht und uns grünes Licht gegeben, leider haben wir noch nicht das Glück, positive Nachrichten verkünden zu können und ich würde gerne auf Nummer sicher gehen … Warum nicht die beiden besten Doktoren aus den Staaten dafür einladen.«

Ich bin am Arsch, schießt mir als erstes durch den Kopf, gefolgt von einem Knoten in meinen Eingeweiden, der meinen Magen im festen Griff hat und mir Galle in die Speiseröhre schickt.

»Sie wollen herausfinden, warum Ihre Frau nicht schwanger wird? Hier?«, kommt es ungläubig von Amelia und ein kleiner Funken Hoffnung schleicht sich in mein Inneres. Wie sollen sie das auch hier anstellen, ohne ihr Equipment, Geräte oder was auch immer sie benötigen, um mich anständig auf den Kopf zu stellen.

»Ich sehe nicht wo das Problem sein sollte.«

»Was meine Frau sagen möchte, ist, ohne ein Labor, das ihr Blut und den Abstrich untersucht, können wir nur äußerlich ihre Gesundheit bestätigen und sollte das Empfängnisproblem nicht darin liegen, sind unsere Möglichkeiten zu helfen begrenzt«, erklärt Matteo ruhig und verständlich, dass sie eigentlich nutzlos sind. Perfekt.

»Ich habe ein Labor in der Stadt. Ismael wird die Proben persönlich mit einem von ihnen dahin bringen. Sie werden den Vorgang genau überwachen und so sollte diese kleine Hürde auch aus dem Weg sein.« Mein Puls steigt in die Höhe, rauscht durch meine Adern und verbrennt jeden Gedanken an ein gutes Ende. Nie ist es mir schwerer gefallen, die Fassung zu bewahren, kein Anzeichen meiner inneren Panik nach außen zu zeigen, obwohl jeder meiner Muskeln danach schreit, sich zu bewegen, mich in einer Ecke zu verstecken und mich auf Alejandros Reaktion vorzubereiten. Vor zwei Monaten hat er versucht meinem Körper seinen Wunsch einzutrichtern und seit dem wachsen meine Schuldgefühle, dass ich ihm diesen verwehre, mich heimlich gegen ihn und seinen Willen stelle. Mir ist auch bewusst, dass ich nicht ewig davon laufen kann, nur dachte ich, dass es vielleicht ein Jahr oder länger dauert, bis er zu extremeren Methoden greift. Es sind gerade vier Monate, warum er plötzlich so darauf beharrt, so besessen davon ist, Kinder zu kriegen, ist mir ein Rätsel und lässt mich die kuriosesten Dinge denken. Von schwer krank, über Midlife-Crisis, bis hin zur Anzweiflung seiner Person und Stellung in der eigenen Organisation, ist alles eine plausible Möglichkeit, aber keine Gewissheit und immer, wenn ich wieder zu dem Punkt komme, dass er schwer krank ist, kommen mir die Tränen, denn ohne ihn, ohne seinen Schutz, wird mich die grausame Welt wieder verschlingen und in ihre dunklen Tiefen ziehen.

»Sie sind ja bestens vorbereitet«, gibt Amelia erstaunt von sich, greift nach ihrem Weinglas und trinkt den Inhalt in einem Zug hinunter.

»Immer. Ich gehe also davon aus, dass alles in Ordnung ist?«

»Amelia wird das Prozedere machen. Am besten nimmt sie gleich das Blut ab und macht einen Abstrich. Ich fahre mit Ismael ins Labor, während die beiden den Rest erledigen, anschließend können sie sich gegenseitig Gesellschaft leisten«, schlägt Matteo vor, unberührt von der ganzen Situation, nicht wie seine Frau, die ein wenig überfordert scheint. Keine Angst, das vergeht, mir ging es am Anfang nicht anders, spreche ich ihr in Gedanken zu und füge mich meinem Schicksal.

»Dann gehen wir mal nach oben«, wende ich mich an Amelia, stehe auf, umrunde den Tisch und gehe gemeinsam mit ihr in den ersten Stock.

Ismael

4 Jahre - 10 Monate - 21 Tage

Beep, beep … Beep, beep … Beep, beep … Piep.

»Hallo Ismael Flores hier, ich habe von Ihnen eine Bestellung erhalten, allerdings müssen Sie sich vertan haben, sie ist für einen Darren Miller. Bitte senden Sie mir eine Nachricht mit der richtigen Adresse an diese Nummer, damit ich alles in die Wege leiten kann.« Ich lege auf, stecke das Telefon in die vorn eingenähte Tasche meiner Jeans, versicher mich, dass es von aussen aussieht, als würde mein Schwanz die Hose etwas weiter ausbeulen, drehe mich dem Geschehen wieder zu und gehe zu Matteo, der den Mitarbeitern über die Schulter schaut.

»War ja kein langes Telefonat«, bemerkt er, als ich neben ihn trete, betrachtet mich mit einem Seitenblick und seine erhobene Augenbraue fordert mich zu einer Antwort auf.

»War nur der Anrufbeantworter«, gebe ich schulterzuckend von mir, bedacht die Tarnung aufrecht zu erhalten, falls sie doch Kameras im Raum haben, oder einer der zwei Labormitarbeiter davon berichten sollte, dass ich für eine Minute am Telefonieren war. Alle Eventualitäten einbeziehen. Ich konnte nicht länger mit dem Anruf warten, zu groß ist ab jetzt die Gefahr aufzufliegen. Matteo und seine Frau kennen meine richtige Identität, wissen, dass ich undercover in der Organisation bin und es ist nur eine Frage der Zeit, bis ich auffliege. Möglich, dass es da diesen Kodex unter Kriminellen gibt, von wegen Ehre unter Dieben, ich bezweifle aber, dass die beiden, sollte es hart auf hart kommen, für mich die Hand ins Feuer legen. Sie haben eine Familie, Kinder, die sie schützen müssen, da wählt man den Weg des geringsten Übels und verpfeift den Spitzel.

»Bestellung ist schiefgelaufen? Oder war die Tante nicht zuhause?«, fragt er und verrät, dass er ganz schön viel weiß, das sollte ich definitiv anmerken, allerdings auch logisch, wenn ich vor über 5 Jahren das Prozedere erklärt bekommen habe, sind Neuerungen, um zukünftige Ermittler zu schützen, unabdingbar.

»Jap, falsche Lieferung.«

»Ah, verstehe. Sollte es nochmal Probleme geben, dann melde dich bei mir. Meine Tante kann in ihrer Firma Talente wie dich gebrauchen«, gibt er mir subtil zu verstehen, dass er einen Job für mich hätte. Aber eins ist sicher, sobald ich aus diesem Land verschwunden und wieder zuhause bin, werde ich einen langen Urlaub machen, mir einen netten Job am Schreibtisch verpassen lassen und jeden Tag meinen Arsch in einem sicheren Büro platt sitzen.

»Ich werde es mir merken.« Ein Drucker beginnt vor uns laut seine Arbeit aufzunehmen, erwacht zum Leben und instinktiv weiß ich, dass dieses Stück Papier nur meine und Matteos Augen erblicken wird. Ehe der Mitarbeiter es greifen kann, ist es schon in meiner Hand, hält es vor die Nase des Arztes, da ich keine Ahnung habe, was mir die Zahlen darauf sagen sollen. Es ist eine Tabelle mit Zahlen, Abkürzungen und ich kenne die Richtwerte nicht, um zu wissen, was normal und was außer der Norm ist. Matteo studiert das Dokument, schaut sich die Zahlen an, fährt mit den Augen jede Zeile nach und nickt anschließend mit dem Kopf.

Blitzschnell greift er den Mitarbeiter am Drucker, presst ihn auf die Tischplatte und hält ihm eine Glock an die Schläfe. Der Mann beginnt zu zittern, versucht seine Hände hochzuhalten und beginnt, um sein Leben zu winseln. Unbeeindruckt nimmt er die Hand vom Rücken des Mannes, hält die Waffe weiter gegen den Schädel gepresst und legt das Papier säuberlich neben das Gesicht ab. Dann beugt er sich hinunter, direkt an das Ohr des Mannes und beginnt dunkel zu sprechen:

»Der Östrogenwert ist viel zu hoch, ich denke den sollten wir runterschrauben, du nicht auch mein Freund?« Der Labormitarbeiter starrt mit riesigen Augen auf das Blatt, nickt wie ein Wackeldackel bei Matteos Worten und stammelt ein, es war mein Fehler, ich behebe ihn, hinterher. Zufrieden nimmt Matteo die Waffe von seinem Kopf, tritt von ihm weg und wieder neben mich.

»Ob das so schlau war?«

»Natürlich. Schließlich bin ich mir sicher, dass der treue Ismael dafür sorgen wird, keine Spuren zu hinterlassen«, gibt er süffisant von sich und auch diesen Wink mit dem Zaunpfahl habe ich verstanden. Eifrig schaue ich in alle Ecken des Labores, wandere über die Zimmerdecke und entdecke keine offensichtlichen Kameras. Ich scanne den Raum weiter ab, präge mir jedes Detail genau ein, achte auf die verräterischen roten Lämpchen, die einem signalisieren, dass aufgezeichnet wird, aber nichts lässt darauf schließen.

Das Geräusch des eingezogenen Papiers lenkt meine Aufmerksamkeit wieder auf den Tisch, vor dem Matteo mit verschränkten Armen steht und ich wende mich ihm und der Begutachtung des neuen Testergebnisses zu. Anscheinend zufrieden mit dem neuen Ausdruck, faltet er es zusammen und steckt es in die Innentasche seines Sakkos. Er nickt mir zu, wendet sich der Tür zu und geht mit festen Schritten auf sie zu. Ich tue es ihm gleich, drehe mich in Richtung Ausgang, als mir ein rotes Licht in den Augenwinkel sticht. Der zweite Laborassistent dachte wohl, schlau zu sein, hat sich ruhig verhalten, keine Miene verzogen und stumm weiter an seinem Computer gearbeitet. Auf dem Bildschirm, den er anstarrt, klemmt eine kleine Webcam, aber die Linse ist nicht auf ihn gerichtet, sondern sie strahlt mich direkt an und das sporadische rote Blinken verrät, dass er eine Aufnahme macht. Ich war viel zu sehr auf die Decke fokussiert, als auch die direkte Umgebung zu untersuchen. Anfängerfehler, maßregel ich mich innerlich und Wut beginnt durch meine Adern zu fließen. Nachlässigkeit wird mich meinen Kopf kosten und mittlerweile nicht nur meinen, auch Victorias steht auf dem Spiel. Meine Waffe jetzt in der Hand, gehe ich auf den Typen am PC zu, verpasse ihm mit dem Griff einen ordentlichen Schlag gegen den Kopf und schieße das kleine Teil mit der Linse ab. Meine Finger fliegen über die Tastatur, finden den Ordner auf dem er die Videos abspeichert, lösche einfach den gesamten Inhalt und, um auf Nummer sicher zu gehen, setzte ich das ganze Ding auf Werkseinstellung zurück. Mit nur einem Klick auf die Maus zerstöre ich nicht nur die Daten, die uns verraten könnten, vermutlich auch Arbeiten, die Monate in Anspruch genommen haben. Es sollte mir leid tun, Schuldgefühle jemandes harte Arbeit zu ruinieren sind Normalität, aber ich bin schon Jahre in dieser verdammten Rolle, habe schon so viele ekelerregende Handlungen vollbracht, dass das hier einem Fauxpas gleicht. Eine Nichtigkeit. Eine Notwendigkeit. Nach vollbrachter Arbeit stiere ich beide Arbeiter nochmal an, eine klare Warnung in den Augen und gehe dann zu Matteo, der an der Tür steht und ein Grinsen auf den Lippen hat.

»Ob das so schlau war?«, richtet er belustigt die gleichen Worte an mich, die auch ich verwendet habe, als wir gemeinsam durch das Gebäude zum Wagen gehen, der direkt davor parkt.

»Natürlich. Schließlich will der treue Doktor keine Spuren hinterlassen«, antworte ich genauso grinsend, öffne den Wagen, steige auf den Fahrersitz und wie auf der Hinfahrt, kommt keine einzige Silbe mehr aus unseren Mündern. Wohl wissend, dass Big Brother immer zuhören könnte.

Victoria

»Tear me to pieces, skin to bone, Hello, welcome home«
- Billie Eilish, Khalid

»So … Du kannst dich wieder anziehen«, sagt Amelia, sobald sie mit dem Abtasten meines Körpers fertig ist und somit auch mit der kompletten Untersuchung.

»Okay«, gebe ich leise von mir, vermeide es, sie anzusehen und erwische mich dabei, wie ich mit meinen Händen versuche, während des Gehens meine Nacktheit zu verstecken. Völlig sinnfrei, da ich gerade fast eine Stunde lang, nackt vor ihr verbracht habe. Sie hat sogar das Innere meines Körpers gesehen, das nicht einmal ich kenne und dennoch fühle ich eine gewisse Befangenheit. Erst in der Ankleide lasse ich die Arme fallen, beeile mich meine Kleidung wieder anzuziehen und schreite raus zu ihr. Sie sitzt an meinem Frisiertisch, schreibt eilig auf die Zettel vor ihr und hebt ihren Kopf an, wie sie hört, dass ich wieder im Raum bin. Ein warmes, aufrichtiges Lächeln umspielt ihre Lippen, ihre Augen sind auf meine gerichtet, nicht wertend, beunruhigt oder anmaßend. Eher wie eine Freundin, mit der man eine ganz normale Verabredung hat, nebenbei seinen Körper zeigt und dann den nächsten Cocktail trinkt. Ich habe keine Ahnung, ob das der Normalität entspricht, habe ich ja nur das Wissen meiner letzten Freundschaft und die ist schon über ein Jahrzehnt er und mit Dreizehn haben wir erst angefangen von Boybands zu schwärmen und die Aufregung bei der nächsten geschlechter gemischten Party, die sieben Minuten im Himmel mit unserem Schwarm verbringen zu können. Aber wenn ich mir eine Freundin vorstelle, dann wäre diese Situation jetzt eine davon.

Man vertraut sich blind. Weiß, dass dein Gegenüber nicht wertend sein wird, keinen Makel an einem findet und sollte da einer sein, alles tun wird, um diesen zu beheben. Sie würde alle Geheimnisse bewahren wie ihre eigenen, nichts hinterfragen und in allem unterstützen, was man tut. Ich denke, eine richtige Freundschaft beruht nicht nur auf der Basis, wie lange man sich kennt. Es ist mehr so, wie in der Liebe, wenn man dort den richtigen Partner gefunden hat, der einen perfekt ergänzt, so ist er oder sie dein Seelenverwandter. Und ich denke, bei besten Freunden verhält es sich ganz ähnlich.

Jeder hat sein inneres Ich, fühlt sich mehr oder weniger wohl mit sich selbst, dann kommt ein Gegenpart den Weg entlang und er schmiegt sich an dein Inneres, verschmilzt mit ihm und man wird eins. Dann kommt da dein Seelenzwilling. Er ist nicht wie dein Partner, denn er ist sein genaues Gegenstück, nur kleine Nuancen unterscheiden sich und machen denjenigen zum besten Freund oder Freundin. Egal ob man sich Jahre kennt, Monate, Tage, Stunden oder Minuten. Es dauert nur eine Sekunde, einen klitzekleinen Moment und dein Inneres wird warm, hell und erkennt seinen Zwilling.

So ergeht es mir mit Amelia. Ich habe ein gutes Gefühl

mit ihr. Spüre instinktiv ihre innere Wärme, die sich auf ihr Äußeres ausdehnt und sie noch hübscher werden lässt. Seelenzwilling.

»Sag mal, wenn ich hier fertig bin, sollen wir dann runter zum Pool? Die Männer werden noch einige Zeit unterwegs sein und ich bin im Urlaub. Was für mich bedeutet, am Pool liegen, die Sonne genießen und Cocktails schlürfen … Lust?«

»Äh … Klar. Brauchst du was zum Anziehen?«

»Nein danke. Ich habe unten im Koffer alles, was ich brauche. Gib mir nur einen Moment«, antwortet sie mir, richtet ihre Aufmerksamkeit wieder auf das Blatt vor sich und schreibt weiter. Am liebsten würde ich Mäuschen spielen, über ihre Schulter linsen und lesen, was sie schreibt, aber wie ich Ärzte kenne, schreibt sie auch in diesem komplizierten Jargon, den niemand versteht. Fachsprache, wobei ich denke, dass auch kein anderer Mediziner versteht, was sein Kollege da eigentlich von sich gibt. Zumindest schauen sie alle immer hoch konzentriert auf all die Blätter und fragen einen nachher, was man hat. Während sie fertig schreibt, ziehe ich mir meinen babyblauen Bikini an, anschließend gehen wir gemeinsam runter, damit auch sie ihren holen kann und sich im Poolhaus umzieht.

Esmeralda hat uns ein kleines Buffet neben den Liegen angerichtet, das wir genüsslich vertilgen, während Amelia mir all die lustigen Geschichten erzählt, die in ihrem Klinikalltag anfallen. Mein Bauch schmerzt schon von all dem Lachen, über Personen, denen die merkwürdigsten Dinge passiert sind.

»Oh dann noch der Typ, dem es zu peinlich war, in ein normales Krankenhaus zu gehen, weil er sich beim Onanieren das Vorhautbändchen gerissen hat. Dazu musst du wissen, dass sowas eigentlich schon im Kindesalter behoben wird … Er muss also sehr stark an seinem Schwanz gerubbelt haben, um das zu schaffen … Er ist erst Stunden später zu uns gekommen, weil es nicht aufgehört hat zu bluten und er dachte, sein bestes Stück würde abfallen. Männer«, erzählt sie die nächste Anekdote und ich verschlucke mich fast an dem Käsewürfel, den ich mir gerade in den Mund geschoben habe.

»Kannst du mir sagen, warum ich darüber lachen muss? Eigentlich ist es doch traurig sich über das Leid anderer zu erfreuen.«

»Weil wir nicht über das Leid, sondern ihre Dummheit lachen, das ist moralisch vollkommen okay«, sagt sie belustigt und schüttelt das schlechte Gewissen mit einem Schulterzucken ab.

»Sag mal, würde es dich stören, wenn ich kurz telefoniere? Meine beste Freundin Olivia passt auf die Kinder auf und ich würde gerne nachfragen, wie es so läuft.«

»Klar, ich wollte eh rein und uns noch ein Glas dieser köstlichen Cocktails holen.«

»Für dich aber besser einer ohne Alkohol. Erst wenn wir die Blutuntersuchung haben, wissen wir genau, ob du schwanger bist oder nicht und zu viel Alkohol ist schädlich für den Fötus. Das ein oder andere Glas wird jetzt keine große Sache sein, aber in Zukunft solltest du am besten ganz darauf verzichten. Ich werde dir eine Liste geben, welche Lebensmittel am besten gemieden werden sollten.« Zur Antwort nicke ich ihr nur kurz zu, wende meinen Blick ab, da ich ihr nicht mit Worten eine Lüge erzählen kann und mache mich auf zum Haupthaus, um unsere Getränke zu holen.

Durch die Terrassentür betrete ich den Wohnbereich, durchquere ihn und werde im Türbogen, der zur Eingangshalle führt, von Alejandros Stimme gestoppt.

Die Tür zu seinem Büro muss offen stehen, vermutlich um genau zu hören, was im Haus vor sich geht, aber ich bin barfuß und habe gelernt, mich wie ein Geist in diesen vier Wänden zu bewegen. Eigentlich schließt er sie auch immer, wenn ich mich im Haus befinde, nur heute nicht und sein tiefer Bariton erklingt auf spanisch in meinen Ohren.

»Llevo más de una década trabajando en el plan. Faltan cuatro meses para las elecciones, lo que supone ya casi cinco meses de retraso. Tenemos que estar atentos al panorama general, así que no me molestes con tus malditas preguntas sobre lo que hacen aquí los médicos.« Seine Worte lassen die Rädchen in meinem Kopf rasand drehen. An welchem Plan arbeitet er schon seit über einem Jahrzehnt? Und was haben Matteo und Amelia damit zu tun? Er hat die beiden eingeladen, damit sie mich untersuchen können, mich auf Herz und Nieren prüfen und mir möglicherweise zu einer schnellen Schwangerschaft verhelfen, aber... Meine Gedanken werden von Carlos' Antwort gestoppt, verursachen einen Schock, der mir durch Mark und Bein geht und sich tief in mich gräbt.

»Si no tiene a tu bebé pronto, puedes meterte tu plan por el culo. A largo plazo o no, creo que deberíamos enviarle a su padre algunas fotos de su querida hija para que sepa que su pequeña sigue viva.«

Ich drücke meinen Rücken an die Wand neben dem Türbogen und presse die Hände über meinen Mund. Tränen sammeln sich in meinen Augen, laufen mir dick und heiß über die Wangen, werden kurz von meinen Fingern aufgehalten und fließen dann ungehalten weiter mein Kinn entlang, über meine Kehle, meinen Körper. Carlos Aussage, spielt in derselben mechanischen Telefonspur in meinem Kopf ab, immer und immer wieder. Wenn sie nicht bald ein Kind von dir bekommt, kannst du dir deinen Plan in den Arsch schieben. Lange Sicht hin oder her, ich denke, dass wir ihrem Vater schon mal ein paar Bilder seiner geliebten Tochter schicken sollten, damit er weiß, dass seine Kleine noch lebt.

Es war alles ein abgekartetes Spiel. Ich wusste, dass Alejandro eine grausame Ader hat, habe sie selber oft genug zu spüren bekommen und weiß, dass sein Repertoir an Foltermethoden endlos ist. Ich hatte nur nicht gedacht, dass er mich jemals so benutzen würde, dass seine Gefühle nur gespielt waren. Das seine wahre Intention, ein Kind mit mir zu haben, darin liegt, meinen Vater damit zu erpressen und nicht aus Liebe zu mir. Verdammt, ich hätte sogar den Grund verstanden, dass er einen Nachfolger braucht, einen Erben für sein Imperium. Dieser Gedanke hat mich das ein oder andere Mal besucht und diese Möglichkeit wäre verzeihlicher als das, was eigentlich Sache ist.

Es hat Jahre gedauert, bis ich psychisch so weit war, den Namen meiner Familie in die Google Suchleiste einzugeben. Natürlich habe ich über die Jahre die Karriere meines Vaters verfolgt, seinen politischen Aufstieg aus der Ferne beobachtet und weiß, dass er gute Chancen hat, im November zum Präsidenten gewählt zu werden. Und der Mann, den ich liebe, mein Ehemann, hat von Anfang an gewusst, wer ich bin, schließlich habe ich ihm meine ganze Lebensgeschichte vor die Füße gekotzt, da er mich gerettet hat und ich ihm vertraut habe. Er wusste, wie angespannt mein Verhältnis zu meinen Eltern war, ich habe ihm von all den Galas, Partys und den stillen Treffen erzählt. Unbewusst habe ich ihm Informationen zugespielt, die er schamlos benutzt hat. Wie mich. Er hat mir eine heile Welt vorgespielt, mich manipuliert, mir den Glauben gegeben, ein sicheres Zuhause bei ihm gefunden zu haben, in dem ich aufblühen kann und ich habe mich in seine Arme fallen lassen. Mich von ihm auffangen lassen und gedacht, dass diese starken Hände mich tragen, halten und mir nie etwas Schlimmes antun würden.

Splitter verteilen sich in meinem Körper, reißen sich durch meine Adern und lassen mein Inneres schmerzlich bluten und verteilen den widerlichen Verrat auf ihrem Weg.

»Victoria?«, ertönt die Stimme von Amalia besorgt neben

mir, panisch schaue ich mich um, lausche, ob Alejandro sie auch gehört hat, stelle aber fest, dass ich mich nicht mehr im Haus befinde. Ich stehe am Pool, die Hand immer noch auf meine Lippen gepresst, die Schultern bebend von all den unterdrückten Schluchzen, die nicht entkommen sollen, und Amelia mit besorgtem Blick direkt vor mir. Es blitzen so viele Gedanken in meinem Kopf auf, verwirren mich und dennoch nimmt kein einziger Form an, alles, was bleibt, ist eine weiße Leinwand.

»Victoria, hey«, wiederholt sich Amelia, legt einen Arm um meine Schultern und drückt sich an meinen steifen Körper. Meine Gedanken von vorhin kommen zurück, sie ist die einzige Person, die einer Freundin am nächsten kommt, neben Esmeralda, aber sie hat ein Limit, Amelia einen Flieger. Eine wahnwitzige Vorstellung gedeiht in meinem Inneren, aber ich sehe keine andere Möglichkeit.

»Ich brauche deine Hilfe.«

»Natürlich, alles was du brauchst.«

»Kannst du mich von hier wegbringen?«

Erschrocken lässt sie von mir ab, schaut mir tief in die Augen und versucht zu sehen, wie ernst ich meine Worte meine. Todernst. Ich habe keine andere Möglichkeit, ich muss hier weg. Ich muss fliehen.

Ismael

4 Jahre - 10 Monate - 23 Tage

Endlose Wut peitscht durch meine Adern. Kochend heiß zieht sie ihre Bahnen unter meiner Haut, gelangt so in jeden Winkel meines Körpers und lässt mich keinen anderen Gedanken fassen. Vorgestern habe ich eine Nachricht auf dem Band hinterlassen, dessen Nummer mir vor fünf Jahren in den Schädel graviert wurde, und gestern habe ich es geschafft, eine unbeobachtete Minuten in den Menschenmengen des Marktes zu erhaschen. Ich habe meinen Vorgesetzten berichtet, was ich hier gefunden habe, besser gesagt, wen ich hier in Guinea an Martínez Seite gefunden habe und dass mein Plan aussieht, sie in Sicherheit zu bringen, ehe seine Eliminierung ansteht.

Meine Fingerknöchel auf der gebräunten Haut werden immer heller, so stark greife ich das Lenkrad, wenn ich an die Antwort dieser Wichser denke, die in ihren Büros sitzen und nicht wissen, was es bedeutet, jeden Tag sein Leben aufs Spiel zu setzen. Kollateralschaden, auch der Umstand, dass sie die Tochter des vermutlich nächsten Präsidenten ist, hilft nicht, ihr Leben über so viele andere zu stellen. Sie haben es schön geredet, in dem sie gesagt haben, dass sie schon so lange vermisst wird, dass wir nun keine schlafenden Hunde wecken sollen, Hoffnung bei ihren Eltern schüren und damit fünf

Jahre Arbeit gefährden sollen. Sie werden im Anschluss alles überprüfen, ihre DNA dort finden und es so drehen, dass sie der Grund war, warum einer der gefährlichsten Männer der Welt gefallen ist und ihr im Anschluss Purple Heart verleihen, als Dank für ihre Aufopferung.

Dass unsere Regierung, wie jede andere, nicht perfekt ist, weiß ich, aber es direkt ins Gesicht geschlagen zu bekommen und mit dem direkten Wissen zu leben ist eine andere.

Sie haben sie nicht gesehen, haben nicht miterlebt, was sie unter der Hand dieses Monsters erleiden musste und das schon so lange tut. Ihnen ist es egal, dass Victoria die Freiheit verdient hat, zurück nach Hause soll und endlich ihr eigenes Leben bekommt, in Frieden. Und wie soll ich tatenlos dabei zusehen? Wie kann ich in einem Flieger oder meinem Versteck sitzen, wissend, dass eine Drohne auf dem Weg ist, das Anwesen zu zerstören, in dem sie gerade einen Kaffee trinkt. Nichts ahnend ihren Aufgaben nachgeht und die letzten Minuten ihres Daseins schlagen, ihre Gefangenschaft bald endet und das nicht im hohen Alter, nicht weil Martínez seine Grausamkeit an ihr auslebt, sondern, weil die Regierung ihr schlagendes Herz, ihre Sicherheit, ihre Zukunft für nicht relevant hält.

Bilder beginnen sich in meinem Gehirn zu bilden, von Staubwolken, die aus den Trümmern hervortreten. Langsam beginnen sie sich zu verziehen, legen sich auf all das Geröll und präsentieren das ganze Ausmaß. Das einst imposante Gebäude ist in sich zusammengefallen, überall die Körper der Gefallenen, aber der einzige, den ich erkenne, ist ihrer.

Ihre Gliedmaßen stehen unnatürlich von ihrem Körper ab, ihre Kleidung dreckig und von Blut durchtränkt. Ihre grünen Augen weit aufgerissen und trüb, da kein Leben mehr in ihnen steckt. Das einst schöne Gesicht von Schrammen durchzogen, umrandet von ihren goldenen Locken, die sie wirr umgeben. Ein Engel im Angesicht des Grauen.

Ich biege in die Einfahrt von Martínez Strandhaus ein, das Matteo und Amelia bewohnen, solange sie hier sind und habe keine Ahnung, wie ich hierher gekommen bin. Blind vor Wut habe ich nicht gesehen, wo ich entlang fahre, aber mein Körper hat selbstständig das Lenken übernommen und mich ans Ziel geführt. Heute morgen habe ich eine Nachricht von dem Monster bekommen, dass ich die beiden abholen soll und sie zu ihm bringe. Automatisch stelle ich den Motor ab, irritiert löse ich den Sicherheitsgurt den ich nie anlege, mein Unterbewusstsein hat sich geistesabwesend um meine Sicherheit gesorgt, was vermutlich in meinem Zustand nicht ganz unerheblich ist. Ich öffne die Tür und steige aus. Das Ehepaar kommt mir auf den Treppenstufen entgegen, Matteo in einem Leinenanzug, perfekt für das heiße Wetter und Amelia in einem leichten fließenden Sommerkleid. Sie hängt am Telefon, strahlt mit dem blauen Himmel um die Wette, während ihr Mann den kalten, nichtssagenden Ausdruck auf dem Gesicht hat, wie alle Männer, die mit der Dunkelheit zu tun haben. Kaum vorstellbar, dass die beiden Ärzte sind, wirken sie zusammen eher wie der reiche CEO mit seinem hübschen Anhängsel, oder zwei Covermodels, die sich bei einem Shooting getroffen haben und nun das perfekte Paar abgeben.

»Es ist wunderschön hier O. Wir werden gerade von Ismael abgeholt, der bringt uns zum Anwesen, Alejandro und Victoria haben uns zum Essen eingeladen und anschließend will ich mit Vikki shoppen gehen. Hm? … Ja, ist er … O, wirklich? Dir ist echt nicht mehr zu helfen, Moment.« Amelia bleibt vor mir stehen, grinst mich entschuldigend an und hält mir ihr Handy entgegen. Mit zusammengezogenen Augenbrauen nehme ich es ihr ab, starre auf den Bildschirm und lege es anschließend an mein Ohr.

»Hallo?«

»Oh.Mein.Gott! Deine Stimme klingt schon sexy, jetzt bin ich nur noch neidischer auf Amelia, wenn du aussiehst wie du klingst … Himmel«, entgegnet mir eine Frauenstimme und bringt mich zum Schmunzeln.

»Und mit wem habe ich das Vergnügen?«

»Olivia, die beste Freundin der Sexbombe und Mutter meiner Patenkinder. Single und im besten Alter, um noch einige Dummheiten anzustellen, eine davon könntest du sein, aber deswegen telefonieren wir beide nicht«, stellt sie sich vor, holt hörbar Luft und setzt zum nächsten Thema an. »Victoria will fliehen und hat Amelia um Hilfe gebeten, Matteo schaut gerade sicher griesgrämig, weil er absolut und mit jeder Faser seines Seins dagegen ist, aber wir Frauen halten zusammen und gemeinsam können wir es schaffen das arme Mädchen zu befreien. Allerdings brauchen wir deine Hilfe dazu. In zwei Tagen fliegen die beiden zurück und das ist Victorias Ticket zurück in die Staaten, Amelia hätte ein

Mittel dabei, das ihn für ein paar Stunden außer Gefecht setzt, wir brauchen aber jemanden, der es ihm verabreichen kann, den Weg zum Flughafen kennt und bei dem es nicht ungewöhnlich ist, dass Victoria in seiner Begleitung ist.« Ihre Worte hallen durch meinen Körper, verdrängen die Wut und machen Platz für eine andere Empfindung. Hoffnung, darüber doch einen Weg gefunden zu haben, sie zu befreien, Freude, dass sie einen Ausweg sucht und verdammte Dankbarkeit, dass dort Menschen sind, die mir dabei helfen, sie in Sicherheit zu bringen.

»Hat es dir die Sprache verschlagen?«

»Ja.«

»Okay … Also, es ist denke ich klar, dass du mit Amelia und Mr. Grumpy nicht direkt darüber sprechen kannst, da es zu gefährlich ist. Alejandro könnte überall seine Ohren haben und wir wollen auf den letzten Metern nicht alles gefährden. Am Abreisetag gibt sie dir das Mittel und du verabreichst es ihm. Danach steigt ihr alle so schnell es geht in den Flieger und verschwindet aus dem Land. Verstanden?«

»Sag mir, wann und wo, Baby und ich bin für dich da«, antworte ich und verstecke so meine Zustimmung in einem anzüglichen Satz, den sowohl sie, als auch Amelia direkt vor mir versteht.

»Oh, jetzt freue ich mich noch mehr darauf, dich zu sehen. Bis später, Ismael«, verabschiedet sie sich und legt auf. Ich reiche das Handy an Amelia zurück, nicke ihr zu und drehe mich zur Fahrerseite um. Ab jetzt müssen wir nicht mehr sprechen, unser Plan bedarf keiner Worte mehr und alles was ich jetzt noch tun muss, sind Informationen zu den einzelnen Reise Details zu bekommen. Anschließend werde ich die genauen Koordinaten und die Angriffszeit an meinen Vorgesetzten weiterleiten und endlich dieses Kapitel meines Lebens abschließen.

Ich werde nach Hause kommen.

Victoria

»I don't want to feel the things that you do« - Rise Against

Das Auto mit unseren Gästen hält in der Einfahrt und wie bei ihrem letzten Ankommen stehe ich neben Alejandro am Eingang, um sie zu begrüßen. Dabei hat er seinen Arm um mich gelegt, mich eng an seine Seite gedrückt, allerdings strömt bei dieser Geste nicht wie sonst Wärme durch meinen Körper. Jede seiner Handlungen hat einen bitteren Nachgeschmack bekommen, seit ich sein Telefonat belauscht und seinen widerwärtigen Plan herausgefunden habe. Jede Berührung brennt auf meiner Haut, ätzt seinen Betrug tiefer in mein Fleisch und setzt sich auf meiner, von ihm geheilten Seele ab. Jede Liebkosung von ihm in den letzten Tagen, jeder Kuss schmeckt nach Verrat, der Akt, einst ein Weg meine Verbundenheit mit ihm zu bekunden, zerreißt mein Inneres so schmerzhaft, dass es nun keine Tränen der Liebe, sondern des Hasses sind, die aus meinen Augen rollen. Meine Welt hat aufgehört, sich um ihn zu drehen, je genauer ich unsere Vergangenheit betrachte, erkenne ich seine wahren Hintergründe, seine … Abgründe.

Wie er mich von Anfang an manipuliert hat, mich auf sich gepolt hat, sich, mich Stück für Stück einverleibt hat, bis nicht nur mein Körper und Geist sein war, er hat auch meine

Seele beansprucht. Unsere Leben miteinander verworren, mich glauben lassen, er wäre der perfekte Partner für mich und mir eingeredet ohne ihn nichts zu sein. Womöglich stimmt es auch, dass ich alleine nicht viel bewegen kann, wer weiß, ob ich noch leben würde, wenn er mich damals nicht mitgenommen hätte. Aber die Typen haben ihn direkt zu der Zelle geführt, in der ich auf der schmutzigen Decke vor mich hin vegetiert habe, nur ausharren konnte, bis sie mich wieder holten und unsagbares mit mir anstellten. Sie wussten genau, wer ich war, er wusste genau, wen er sich ins Haus holt.

Alejandro ist ein intelligenter Mensch, handelt nicht im Affekt und ganz bestimmt hätte er nie ein einfaches Mädchen aus dem Menschenhandel zu sich geholt und sich um das Lebewesen gekümmert. Oh nein. Wie dumm, naiv, so vollkommen verblendet ich all die Jahre gewesen bin, ist mir erst bewusst geworden, als ich all die Umstände näher betrachtet habe.

Wieso hat er nach mir nicht mehr Mädchen gerettet? Wieso war ich die Einzige, die er an dem Tag mitgenommen hat? Es erklärt auch den blöden Kosenamen von Carlos für mich, der sicher von Anfang an in den Plan eingeweiht war. Piedras preciosas - Edelstein, weil ich für sie genauso wertvoll bin, wie die gepressten Kohlenstoffdinger, die sie in Sierra Leone ausgraben lassen und die Kriege dort mit Waffen unterstützen. Sein Diamant und er hat mit mir vor, meinen Vater zu kontrollieren, sobald dieser zum Präsidenten gewählt wird, Alejandros ganz persönlicher Blutdiamant.

Ein Kind mit ihm hätte unsere Bindung nur verstärkt, mich mehr an ihn gebunden und ich wäre geblieben, selbst wenn er mir dann die Wahrheit erzählt hätte, wäre ich für mein Kind bei ihm geblieben, bis ans Ende meiner Tage.

Hände schlingen sich um meinen Körper, drücken auf meinen Rücken und pressen mich an einen anderen warmen Leib.

»Hey Süße, ich freue mich riesig dich wiederzusehen«, erklingt Amelias Stimme direkt an meinem Ohr und holt mich so aus meinem zerrissenen Inneren zurück.

»Ja … Hi, ich freue mich auch, dass ihr hier seid«, antworte ich ihr, noch nicht ganz im Einklang mit meiner Umgebung, besinne mich an das Gespräch mit ihr und ihr Versprechen, mir zu helfen und mich hier rauszuholen. Wir haben uns lange im Flüsterton im Pool unterhalten, der Ort an dem es schwer ist ein Mikrofon zu platzieren und auch wenn uns eine Kamera gefilmt hat, so wird sie von dem Gespräch nichts aufgenommen haben, so leise waren wir. Sie sagte, sie müsse erst mit Matteo sprechen, einen genauen Plan schmieden, aber sie würde mich auf keinen Fall hier zurücklassen und sie hat mir auch verraten, dass Ismael sich für mich eingesetzt hat. Dass er die beiden extra an den Straßenrand geführt hat, um sie anzuflehen, mein Geheimnis nicht zu verraten, hat mir erneut bewiesen, dass ich ihm mehr vertrauen kann, als jedem anderen an diesem verlogenen Ort. Ich erwidere die Umarmung, linse dabei über ihre Schulter, sehe Ismael am Auto stehen, sein Telefon am Ohr und verärgert dreinblicken. Ohne ein Wort zu sagen, ohne einen Blick in unsere Richtung beendet er sein Telefonat, steigt ins Auto und rast beinahe die Auffahrt hinunter. Meine Brust zieht sich beim Anblick der roten Rücklichter zusammen, hatte ich gehofft, einen weiteren Verbündeten an meiner Seite zu wissen, solange ich in den Fängen meines falschen Ehemannes bin. Ich hätte mich einfach gerne verabschiedet. Nicht unbedingt mit Worten, viel zu gefährlich, in diesen vier Wänden so etwas laut auszusprechen, aber ein Lächeln, ein Danke, das er stumm von meinen Lippen hätte ablesen können, wäre ein schöner Abschied gewesen. Nur für den Fall, dass ich ihn nicht mehr sehe.

Amelia hakt sich bei mir unter, plappert vor sich hin und ich geleite uns in den Speisesaal, in dem wie bei unserem letzten Aufeinandertreffen schon alles für die Gäste vorbereitet ist. Allerdings ignoriert sie das Gedeck, das für sie neben ihrem Mann platziert worden ist, kommt mit auf meine Seite und setzt sich direkt neben mich. Meine Augen wandern sofort zu Alejandro, um seine Reaktion darauf abschätzen zu können. Ein Schmunzeln liegt auf seinen Lippen, in seinen Augen sehe ich keine Verärgerung, nur Freude, vielleicht darüber, dass ich mich mit Amelia so gut verstehe? Freude darüber, dass ich eine Freundin gefunden habe? Innerlich verpasse ich mir eine schallende Ohrfeige, es ist so leicht nur das Gute in ihm sehen zu wollen, als dem widerlichen Inneren zu begegnen. Ich muss aufhören, alles schön zu reden, was ihn betrifft und der Realität ins Auge blicken. Er findet nicht den Umstand, dass ich eine weibliche Person an meiner Seite gefunden habe, mit der ich mich gut verstehe, fantastisch, Nein, er findet den Umstand, dass ich mich mit der Frau, die mit ihrem Ehemann eine Klinik für den Untergrund betreibt, fantastisch, und sieht den Nutzen in dieser Verbindung für sich selbst. Ja, das klingt nach dem gerissenen Arschloch, das er ist.

»Hier schau mal, Olivia hat mir heute Bilder geschickt, wie sie mit den Kindern Pancakes macht … Es ist so niedlich, aber ich schwöre dir, wenn ich nach Hause komme und sie nicht blitzeblank ist, lasse ich sie mit einer Zahnbürste die Kacheln schrubben«, kommentiert sie, während ihr Handy vor meiner Nase auftaucht, sie mit dem Finger von links nach rechts über den Bildschirm wischt und eine Abfolge von glücklichen Gesichtern auftaucht. Ihre Worte empfand ich im ersten Moment sehr hart, bedenkt man, dass es ihre beste Freundin ist, die auch noch auf ihre Kinder aufpasst, aber bei der Menge an Mehl, die die Kinder auf ihren Köpfen tragen und den beschmierten Teig-Gesichtern kann man es sich ausmalen, wie der Rest der Küche aussehen muss. Sie wischt ein Bild zu weit und enthüllt ein Bild, das niedlicher nicht sein könnte.

Matteo liegt mit den Kindern im Arm im Bett, ein Buch in seinen Händen, liest ihnen vor und hat dabei einen Ausdruck im Gesicht, der nach Glückseligkeit schreit.

»Das ist ja niedlich«, entfährt es mir, ehe sie zurück swipen kann und lässt das Bild offen.

»Unser abendliches Ritual.«

»Er macht das jeden Abend?«

»Natürlich … Weißt du, unsere Männer sind nach außen

die harten Brocken, was sie natürlich auch sind, ich meine … Keiner sollte sich freiwillig mit ihnen anlegen, aber zuhause in den eigenen vier Wänden zeigen sie ihr wahres Gesicht. Matteo ist Italiener, nichts geht über die Familie. In unserem Beruf sehen wir tagtäglich Schreckliches, hören Widerliches und mein Mann liebt es, Informationen zu sammeln, aber jeden Abend, mit wenigen Ausnahmen, bringt er sie ins Bett, liest eine Geschichte vor und verteilt Gute-Nacht-Küsse, wo er nur kann. Er ist der beste Vater, den ich mir für meine Kinder je hätte wünschen können«, berichtet sie, schaut auf ihren Mann und die Liebe zu ihm tropft ihr aus jeder Pore. Matteo schenkt ihr über den Rand seines Glases hinweg einen intensiven Blick, kommentiert ihre Aussage aber nicht. Dafür lässt Alejandro diese Gelegenheit nicht aus meine Hand zu greifen, unsere Finger miteinander zu verflechten und einen Kuss auf meinen Handrücken zu drücken.

»Darauf hoffen wir auch bald. Irgendwelche Tipps? Schließlich hat es schon zweimal bei euch geklappt, meine Frau beschwert sich zwar nicht, aber man liest ja genug Mythen, was man machen soll, um den Prozess zu beschleunigen«, wendet er sich an unsere Gäste, heuchelt den liebenden Ehemann, der unbedingt Vater werden möchte, strickt für die Außenwelt mehr Knoten, um seine wahre Absicht zu verbergen und es ist verdammt schwer meine Maske aufrecht zu erhalten.

»Nein.«

»Ja«, beginnen beide gleichzeitig zu sprechen, lösen unbewusst einen kleinen Teil meiner angespannten Stimmung und sorgen dafür, dass die ganze Runde in ein Lachen einstimmt.

»Uns solltet ihr definitiv nicht als Vorbild nehmen«, gibt Amelia lachend von sich, straft ihren Mann mit einem scharfen Blick und greift nach ihrem Glas Wein, das auf zauberhafte Weise vor ihr aufgetaucht ist.

»Ich denke, Alejandro wird mir zustimmen, dass eine Toilette und der Rücksitz eines Autos keine schlechten Orte sind.«

»Bitte was?«, entgleitet es mir ungläubig, während die Männer erneut lachen.

»Ich bin mir nicht sicher, ob ich diese Frage stellen sollte, aber … wirklich?«, richte ich das Wort an Amelia, schaue sie vermutlich mit weit aufgerissenen Augen an und bin ehrlich gesagt sehr neugierig auf ihre Antwort. Sie rollt dramatisch ihre Augen, trinkt noch einen großen Schluck und beginnt dann zu sprechen.

»Also, laut Matteo, wurde unsere Tochter auf unsere Hochzeit gezeugt. Natürlich nicht in der absolut romantischen Hochzeitsnacht, Nein, er meint, es wäre der Quickie auf der Toilette gewesen, weil wir beide zu spitz waren, um auf die Nacht warten zu können. Wobei die Schuld dafür auf meine Kappe geht, ich hatte da mal was gelesen und dachte, das sei eine gute Idee, naja, daraus gelernt. Und unser Sohn entstand, laut Matteo, im Autokino … eher auf der Rückbank. Es war unser erstes Date, das erste Mal, dass ich mich von meinem kleinen Engel losreißen konnte und er wollte, dass ich mich entspanne, tja … das habe ich.« Gespannt lausche ich ihrer

Geschichte, gluckse an den amüsanten Stellen und muss zugeben, dass diese Entstehungen mal was ganz anderes zu den herkömmlichen: Es war eine so romantische Nacht, sind.

»Definitiv mal etwas anderes«, antworte ich, verpasse ihr mit meinem Ellenbogen einen kleinen Stoß in die Rippen, als ich anzügliches Schmunzeln sehe. Sie steckt mit ihren Gedanken eindeutig bei den Nächten, erinnert sich an sie zurück und das Verlangen in ihren Augen zeigt eindeutig, dass sie jetzt gerade am liebsten eine Wiederholung hätte.

Ich strecke meine Hand nach dem Weinglas aus, umgreife seinen dicken Bauch, werde aber daran gehindert, es zu meinen Lippen zu bewegen. Alejandro hat seine Hand über den Rand gelegt, drückt es auf den Tisch, schickt mir einen warnenden Blick zu, der bedeutet mich ihm ja nicht zu widersetzen und fügt ganz beiläufig hinzu, dass ich besser keinen Alkohol zu mir nehmen sollte, da das schlecht für das Baby sei. Am liebsten würde ich meiner kochenden Wut auf ihn Platz machen, ihn anschreien, dass er seinen Schwanz so oft er will in mich schieben kann und es doch nie ein Kind geben wird. Dass ich über alles Bescheid weiß und er die mieseste Kreatur auf diesem Planeten ist, ich möchte ihm meine Nägel in die makellose braune Haut bohren und ihn von außen genauso hässlich machen wie er im Inneren ist. Er soll seine Fratze nicht länger verstecken können und jeder Mensch, der ihm begegnet, wird sehen können, wird die Bedeutung, man erntet, was man sät, von Angesicht zu Angesicht aufgezeigt bekommen und sich von ihm fernhalten.

Aber nichts davon tue ich. Meine Gedanken verstecke ich hinter meiner Maske, diesem perfekten Ausdruck, der nichts nach außen dringen lässt und ihn ahnungslos über mein Wissen in Sicherheit wiegt.

»Du hast vermutlich recht«, säusel ich ihm liebreizend entgegen, greife an das gekühlte Wasser, das daneben steht und nehme einen unbehaglichen Schluck, während ich die Blicke aller Anwesenden auf mir spüre.

Eine angespannte Stimmung legt sich über uns, Amelia versucht mich immer wieder in ein Gespräch zu verwickeln, will alles auflockern, aber ich blocke ihre Versuche ab. Mein ganz eigener kleiner, möglicherweise törichter Kampf gegen Alejandro und seine vorherigen Gedanken, dass ich mich mit ihr anfreunde. Die Quittung dafür werde ich nachher zahlen, das ist mir bewusst. Aber ich werde nicht wie sonst auf meine Wiese flüchten, meinen Geist nicht abschotten, denn er wird es nicht mehr schaffen, mich mit Worten zu manipulieren. Ich werde es nicht mehr zulassen, dass er mir die Schuld an all den Schmerzen zuschreiben kann. Meine Liebe, mein endloses Vertrauen in ihn und alles, was ihn ausmacht, ist gebrochen, der Nebel, der auf meinen Augen lag, hat sich verzogen und offenbart mir die ganze Bandbreite seiner Taten.

Im Alter von fünfzehn bin ich als gebrochenes Mädchen zu ihm gekommen, nachdem ich zwei Jahre in Gefangenschaft war und man alles daran gesetzt hat, mir meine Seele zu nehmen. Drei Jahre hat er mich gehegt und gepflegt, Vertrauen aufgebaut, falsche Versprechen ausgesprochen, gesagt, dass er ein ehrenwerter Mann ist, der bis zur Hochzeitsnacht warten will und mein Herz damit endgültig erobert. Wie weitreichend sein perfider Plan war, macht den Verrat an mir selbst nur noch unerträglicher.

Jede einzelne Silbe, die aus seinem Mund hervorgekommen ist, habe ich ohne zu hinterfragen, ohne zu zweifeln angenommen und glaubte wirklich, dass jeder Schlag, jede Erniedrigung, jeder Funke Schmerz meine eigene Schuld war.

Aber das ist jetzt vorbei.

Darren

4 Jahre - 10 Monate - 24 Tage

»Morgen Nachmittag, Fünfzehnhundert GMT, wird sich das Ziel auf seinem Anwesen in Conakry, Guinea befinden. Der genaue Standort wird per Echtzeitverfolgung von mir, Agent Darren Miller, Deckname Ismael Flores, übermittelt. Für die Überführung in die Staaten habe ich einen Transport organisiert und werde Kontakt aufnehmen, sobald ich heimischen Boden unter den Füßen habe. Bis dahin wird außer der Nachricht mit den Koordinaten keine weitere Kommunikation stattfinden. Over and out.«

Victoria

Tag 1

Anspannung hat meinen Körper befallen, die ich mühsam in meinem Inneren verberge, um auch den kleinsten Fehler zu vermeiden und womöglich alles zu gefährden. Ich bin gleichzeitig aufgeregt und wahnsinnig nervös, was heute auf mich zukommen wird. Eigentlich völlig irrational, da ich keine Ahnung habe, wie es ablaufen wird, weiß nicht einmal, ob heute überhaupt der Tag ist. Mit Amelia konnte ich ja schlecht vor Alejandro Details erfragen und nur ihr intensiver Blick; den sie mir bei der Verabschiedung vor zwei Tagen zugeworfen hat, gepaart mit den Worten, bevor wir abreisen, kommen wir nochmal vorbei, habe ich keinerlei Anhaltspunkte. Mein Vertrauen zu ihr, ihrem Versprechen, und dass sie ihr Wort hält, müssen reichen, sie schüren das Feuer der Hoffnung in mir.

Sie war mein einziges Mittel, den Ekel zu ertragen, als Alejandro sich an mir rieb, seine Finger über meinen Körper gleiten und meine Haut dabei jucken ließ. Seine Bestrafung ist für seine Verhältnisse milde geblieben. Ein paar Hiebe mit seinem Gürtel auf meinem nackten Rücken, ehe er mich auf die Knie zwang und sein Glied bis zum Anschlag in meinen Rachen rammte. Dabei zog er die gleiche Masche ab, die ich ihm vor wenigen Tagen noch ohne einen Funken von Misstrauen geglaubt hätte. Ich habe ihn beschämt, er wollte nur mein Bestes, für mich und das Kind, und ich trete seine Fürsorge mit Füßen. Er möchte das nicht tun, er möchte seinen Diamanten nur beschützen, aber mein Verhalten hat möglicherweise auch die Doktoren verärgert und das, obwohl sie uns geholfen haben. Undankbar, war seine genaue Beschreibung meines Auftretens beim Essen und deswegen habe ich es verdient. In diesem Moment war ich einfach geschockt, wie tief ich ihn in mein Hirn habe vordringen lassen. Wie blind ich für die logischen Zusammenhänge war, wie falsch es ist, was er mit mir anstellt und jedes seiner Worte als vollkommen logisch zu sehen. Mit fünfzehn habe ich die rosarote Brille von ihm aufgesetzt bekommen, sein Verrat hat sie mir entrissen und endlich kann ich es klar sehen. Kann das Monster vor mir erkennen.

»Du siehst wunderschön aus, mein Liebling«, entgegnet mir mein Ehemann, während er unser Schlafzimmer betritt und direkt vor mir zum Stehen kommt. Seine Worte und der intensive Blick lösen eine Gänsehaut bei mir aus und nicht auf gute Weise. Mehr ein Unbehagen in seiner Nähe zu sein. Er löst mit seinem Kompliment nicht wie sonst die Schmetterlinge in meinen Bauch, lässt kein Verlangen mehr in mir entfachen, es ist einfach nur ein Satz, der aus seinem Mund für meine Ohren falsch klingt.

Meine Rolle spielend wandert mein Blick in einer beschämt wirkenden Geste auf den Boden und ich hauche ihm ein Danke entgegen.

»Ich liebe es, wie du es auch nach all den Jahren nicht schaffst, ein Kompliment anzunehmen. Die Röte auf deinen

Wangen lässt dich mit dem Darya i Noor um das schönste Pink bei einem Diamanten wetteifern. Am liebsten würde ich dafür sorgen, dass deine Haut den ganzen Abend diesen Ton hat, aber unsere Gäste haben gerade das Tor passiert und dürften schon unten auf uns warten.« Die Nachricht, dass sie endlich da sind, beschert mir ein Lächeln, das ich unbedacht zeige. Alejandro denkt, dass es von seinem Vergleich zwischen mir und dem größten pinken Diamanten der Welt, dem Meer des Lichts, kommt und ist weiterhin ahnungslos. Gut.

Tatsächlich entdecke ich das Ehepaar im Eingangsbereich, als wir die Treppe herunter kommen und sehe fragend zu Amelia, da ich Ismael hinter ihnen entdecke. Auch wenn ich mich freue, ihn doch noch einmal zu sehen, doch noch meinen Dank loswerden kann, bin ich nicht sicher, was ich davon halten soll. Er ist einer von Alejandros Männern, der Ranghöchste nach Carlos und eindeutig jemand, der meine Flucht verhindern, wenn nicht sogar mich selbst an den Haaren zurück zu dem Monster bringen würde. Egal, was für einen Deal wir haben, alleine dass er kein Geld von mir genommen hat, beweist, dass ihm Ehre, Respekt und Anerkennung wichtigere Attribute sind und ich vermute, seine Loyalität liegt bei meinem Ehemann und weniger bei mir. Amelia gibt ein kaum merkliches Kopfschütteln von sich, welches dem Feuer der Hoffnung einen Kübel Wasser beschert. Die Tür in meine Freiheit fällt mit einem lauten Scheppern, das in meinem Inneren nachhallt, zu und versperrt mir den Weg in die Freiheit. Es wäre auch zu schön gewesen, mit Hilfe einer Verbündeten, die die richtigen Mittel in petto hat, fliehen zu können und so die Planung eines eigenen Weges zu umgehen. Sieht so aus, als wäre das nun meine einzige Option und sobald sie aus dem Haus, aus dem Land sind, werde ich daran arbeiten Lücken zu finden und so schnell wie möglich von hier zu verschwinden.

Nachdem wir Matteo und Amelia begrüßt haben, machen wir uns auf in den kleinen Salon, um uns von ihnen zu verabschieden und für die Hilfe zu bedanken. Sie haben meine vollkommene Gesundheit festgestellt, Alejandro gesagt, dass die Natur ihre Wege geht und einen Ernährungsplan mit all den Lebensmittel, die ich essen und welche ich meiden sollte, gegeben. Darauf steht auch kein Alkohol, dabei würde ich meine Niedergeschlagenheit gerne am Boden einer leeren Flasche lassen.

»Ich werde in der Küche auf ihre Abreise warten«, meldet sich Ismael zu Wort, lenkt die Aufmerksamkeit aller auf sich, wartet keine Antwort ab und dreht sich in die entgegengesetzte Richtung um.

»Sag Esmeralda, sie soll aus meinem Arbeitszimmer den Scotch holen. Ich möchte mit Matteo auf die gute Zusammenarbeit anstoßen«, richtet Alejandro das Wort an ihn und lässt ihn in der Bewegung innehalten.

»Geht klar, Boss.«

Die Männer fallen wieder in ihr Gespräch zurück, während Amelia und ich still folgen. Sie merkt, dass ich heute nicht mit ihrer sprudelnden, freudigen Art mithalten kann und steht mir stumm in meinem Elend bei. Wir setzen uns alle in die bequemen Sessel und im selben Moment kommt auch schon Esmeralda durch die Tür, keine Spur der Eile, unter der sie so schnell alles zusammen gesucht hat, zu sehen.

Sie stellt die Getränke auf den kleinen Beistelltisch ab. Für die Männer jeweils ein Glas mit zwei Fingerbreit brauner Flüssigkeit, für Amelia ein Glas gekühlten Wein und ich bekomme Wasser mit Gurkenscheiben, da sie vitalisieren sollen. Bullshit.

»Schade, dass ihr schon abreisen müsst. Victoria und ich haben eure Anwesenheit sehr genossen und laden euch jederzeit herzlich ein, wiederzukommen. Vielleicht bringt ihr die Kinder mit und könnt euren Aufenthalt verlängern.«

»Wir werden auf das Angebot zurückkommen«, antwortet ihm Matteo, hebt das Glas auf die gleiche Höhe wie Alejandro und gleichzeitig trinken sie einen brüderlichen Schluck. Auch ich proste Amelia zu, starre dabei das Wasser an, als wäre es der Grund allen Übels, nippe daran und zwinge die Flüssigkeit meinen Hals hinunter.

Das Gespräch der Männer plätschert weiter, dabei erwähnt das Monster immer wieder, dass sein Strandhaus für seine Freunde immer zur Verfügung steht und sollte er mal ein besonderes Schmuckstück für seine Frau suchen, ist der Blutdiamanten Dealer mehr als bereit, behilflich zu sein. Meine Wut auf ihn steigt stetig an, verzehrt seine Aussagen zu einem Leiern und mein Zorn lässt ihn in seinem Sitz schwanken, bis sein Kopf an der Lehne ruht und es wirkt, als hätte ihn meine Gedankenkraft endlich zum Stillstand gebracht.

Verblüfft schaue ich in die Runde und begegne Amelias breiten Lächeln.

»Los, lass uns keine Zeit verschwenden. Wir haben etwa 3 Stunden, ehe das Mittel nachlässt«, plappert sie darauf los,überfordert mich mit dem plötzlichen Umschwung der Situation, greift gleichzeitig meine Hand und zieht mich in den Stand. Schnellen Schrittes gehen wir zur Tür, vor der sich Ismael positioniert hat und uns mit verschränkten Armen niederstarrt. Matteo nickt ihm nur zu, was Ismael tief einatmen und hörbar ausatmen lässt. Seine Arme fallen zur Seite, der Ausdruck auf seinem Gesicht bleibt ernst, ehe auch er nickt und die Tür in seinem Rücken öffnet.

Die strahlende Sonne begrüßt mich, umhüllt mich mit ihrer Wärme, als ich ins Freie trete und allen zum Auto folge.

Auf den Weg in meine Freiheit.

Darren

»Until tomorrow I'll be watchin' every shadow«

- Nico Santos

Als erster gehe ich durch die Tür. Langsam, mit gelangweiltem, man könnte fast meinen genervten Gesichtsausdruck, gehe ich die Treppe hinunter zum Auto. Am liebsten würde ich zu den Anderen schauen, einen kleinen Blick erhaschen, aber die Tarnung darf jetzt auf den letzen Metern nicht bröckeln. Die Wachen am Tor können unsere Gesichter aus der Ferne nicht genau erkennen, aber auf den Monitoren sehen sie die Bilder der Kameras und möglicherweise bin ich gerade paranoid, weil ich denke, sie würden nur aufgrund meiner Miene etwas anstellen, doch ich will mir keinen Fehler erlauben.

Mein Körper und Geist befinden sich im absoluten Kampfmodus. Alle meine Sinne sind geschärft, jeder Ort wird akribisch mit den Augen gescannt, meine Muskeln sind zu jeder Zeit gespannt und bereit, ihre Erinnerung, die sie beim jahrelangen Training verinnerlicht haben, abzurufen, sollte der Fall eintreten. Dabei die Maske von Ismael aufrecht zu erhalten, sie so nah am Ende nicht zu verlieren und auch nur den Hauch eines Misstrauens bei irgendjemanden zu wecken, ist verdammt schwer.

Sobald die anderen mir in den Wagen gefolgt sind, wage ich einen Blick in den Rückspiegel zu den beiden Frauen.

Amelia ist schon lange in dem Geschäft, weiß auch in brenzlichen Situationen ihre Contenance zu wahren, genau wie ihr Mann neben mir. Victoria hingegen ist angespannt, auf ihrem Gesicht erkennt man leicht ihre Panik, ihre Angst und das sollte sie wirklich in den Griff bekommen. Der Motor meines Wagens springt ohne Probleme an, die Tankanzeige steht kurz unter voll, was mich dazu verleitet ein kurzes Dankgebet zu sprechen, denn in solchen Momenten, in denen man auf die Technik, in diesem Fall den Wagen, angewiesen ist und keine Macht über deren Funktionieren hat, ist immer heikel. Heute sind uns die Götter wohlgesonnen und ich fahre in Richtung Tor.

»Victoria, krieg dich ein«, brumme ich, überprüfe, ob meine Botschaft angekommen ist und sehe, wie sie auf die Sekunde, nachdem die Worte meinen Mund verlassen haben, ihre Haltung ändert und ihre Souveränität findet. Jetzt ist sie wieder die Herrin des Hauses, Victoria Martínez, baldige Witwe.

Wir rollen auf das metallene Hindernis zu, das sich, im Gegensatz zu sonst, nicht sofort öffnet, sondern geschlossen bleibt. Shit. Mit grimmiger Miene starre ich den Wachmann an, der an das stehende Auto tritt und durch die Scheiben linst. Ich lasse das Fenster hinunter und frage mit einer Stimme, die meinen Ärger zur Geltung bringt, auf französisch, was das soll. Verunsichert schaut er Richtung Rücksitz, lässt seinen Blick über Victoria huschen und antwortet mir dann, dass er keine Informationen darüber hat, dass sie das Anwesen verlassen darf. Was ein verschissener Kontrollfreak.

Am liebsten würde ich mir selber gerade in den Arsch treten, da ich dieses Detail nicht bedacht habe. Natürlich wusste ich, dass er jeden ihrer Schritte überwachen lässt, allerdings dachte ich, dass es sich auf die Personen bezieht, mit denen sie zu jeder Zeit unterwegs ist. Nicht, dass er verdammt nochmal Anweisungen verteilt, wenn sie, wie schon öfters, auch mit mir im Auto sitzt. Dass der Edelstein, wie Carlos sie immer nennt, nicht einfach das Gelände verlassen, seine Flügel ausbreiten und durch die Gegend ziehen darf, liegt auf der Hand und anstatt sofort aufzubrechen, hätte ich mir die Zeit nehmen sollen und sein Handy überprüfen müssen. Aber seit ich meinen Standpunkt abgesendet habe, stehe ich mehr unter Strom und kann nur daran denken, das Anwesen zu verlassen, das in weniger als einer Stunde dem Erdboden gleichgemacht wird. Der Wachmann zieht wieder meine Aufmerksamkeit auf sich, als er mir mitteilt, dass sie kurze Rücksprache mit Martínez halten wollen, um sicherzugehen, dass seine Frau das Tor passieren darf. Vollkommen in meiner Rolle lache ich auf, sage ihm, dass er es versuchen soll, denn er hat sie mit mir geschickt, um seine Ruhe zu haben, da er sich um eine Lieferung kümmern muss, die Probleme macht. Sie sollen ihn ruhig stören und nachhaken, ob seine Frau mit der rechten Hand von Carlos seine wertgeschätzten Gäste, die ihren Flug bald verpassen, zum Flughafen bringen kann.

Diese Aussage lässt ihn noch mehr verunsichern und er wendet sich ab, um in sein Mikro zu sprechen. Sekunden später gleitet das Hindernis, das unseren Weg versperrt, auf und gibt uns freie Bahn. Der Wachmann entschuldigt sich nochmal, aber ich ignoriere ihn, fahre das Fenster wieder hoch und trete die einstündige Strecke an.

Die ganze Zeit über ist jeder von uns still, hängt seinen eigenen rasenden Gedanken nach und erst kurz bevor wir den International Airport erreichen, erklingt Victorias Stimme.

»Wie geht es jetzt weiter?«

»Wir werden in unseren Jet steigen und nach New York fliegen«, antwortet ihr Matteo, der gelassen neben mir sitzt und ihr beiläufig mitteilt, was es zum Abend gibt und sie sich überhaupt keine Gedanken machen braucht.

»Danke, dass ihr mir helft. Das bedeutet mir eine Menge, wie kann ich euch das jemals zurückzahlen.«

»Denk nicht, dass ich es aus Nettigkeit tue.«

»Matteo«, giftet ihn seine Frau an, was mich veranlasst, sie im Rückspiegel anzusehen und ich erkenne ihren entschuldigenden Blick, mit dem sie Victoria betrachtet.

»Warum tust du es dann?«, stelle ich die Frage, die Victoria denken muss.

»Wissen ist Macht«, gibt er kryptisch von sich und ich ziehe meine Augenbrauen zusammen.

»Informationen«, flüstert Victoria kaum hörbar hinter mir, klingt genauso mysteriös wie Matteo gerade und ich habe Mühe mitzukommen.

»Richtig, Victoria. Ich bin zwar Arzt, arbeite mit dem Untergrund und dennoch gibt es ein paar Vollidioten, die denken, sich mit mir anlegen zu können. Da entschlüpft mir schonmal ein gewisses Geheimnis bei den Behörden oder wie in deinem Fall … Meine Freikarte.« Jetzt verstehe ich, warum er so schnell zugestimmt hat, mir zu helfen, ihr Geheimnis zu bewahren und die Ergebnisse für Martínez zu fälschen. Nicht um meinetwillen, meine Identität ist vielleicht ein Bonus, aber sie ist der heilige Gral für einen Mann, der für zwielichtige Typen eine sehr lukrative Dienstleistung anbietet. Sollte ihr Vater wider Erwarten nicht Präsident werden, ist er dennoch in einer sehr hohen Position, um Dinge verschwinden zu lassen, Probleme zu lösen und/oder ihn zu begnadigen. Der Grund, warum er auch bei dieser ganzen Aktion so gelassen ist, besteht darin, dass er sich jederzeit rausreden kann. Wären wir geschnappt worden, hätte er sagen können, dass ich ihn dazu gezwungen habe, mich mitzunehmen, er nicht wusste, wer Victoria ist und er sich gegen einen Soldaten nicht auflehnt. Schließlich ist er unparteiisch. Warum zur Hölle sind heutzutage alle so verdammt gerissen. Wo sind die alten Mafiosis, die überheblich wurden und Fehler machten? Die Strohdumm ihre Geschäfte vor aller Welt erledigten und von den Cops auf offener Straße eingebuchtet werden konnten? Nein, heute sind sie alle vernetzt, übervorsichtig und halten Menschen wie mich fast fünf Jahre von Familie und Freunden fern, um den Erdball von ihrer Präsenz zu säubern.

Ich biege auf das Gelände der Privatjets, froh aus der kleinen Metallkiste auszusteigen, in die nächste Büchse zu wandern und bald amerikanischen Boden unter meinen Füßen zu haben, um nach all den Jahren endlich ein Ende zu finden.

Matteo kümmert sich mit einem beeindruckenden Batzen um die Passkontrolle, da Victoria ihren nicht bei hat, wobei ich bezweifle, dass sie jemals einen besessen hat und parke das Auto an der Seite des Rollfeldes. Es wird hier stehen bleiben, ich habe keinen Nutzen mehr dafür und es könnte mich nicht weniger interessieren, was damit passiert.

Die beiden Ärzte steigen aus, gehen an den Kofferraum und ich nutze die Gelegenheit mich nach Victoria umzudrehen.

»Hey, du hast es bald geschafft. Nur noch eine Station, okay? Ich bin bei dir.« Versuche ich ihr die Angst vor dem Ungewissen zu nehmen und hoffe, so die harten Worte von Matteo etwas zu mildern. Sie nickt mir zu, schaut endlich auf und in mein Gesicht. Ein Lächeln, das ihre Augen nicht ganz erreicht, strahlt mir unsicher entgegen und das muss fürs Erste reichen.

Motorengeräusche, die nicht von einem Flugzeug stammen, dröhnen an mein Ohr. Ich wende mich von Victoria ab, schaue zuerst zur Maschine, auf dessen Treppe Matteo und Amelia stehen und in Richtung Einfahrt schauen. Mein Blick folgt ihren und was ich entdecke, lässt mich die Augen aufreißen, meinen Puls in die Höhe schnellen und mein Herz kräftig gegen seinen Rippenkäfig prallen.

Eine Kolonne an Autos passiert den Eingang zum Gelände, angeführt werden sie von Carlos Bentley.

Shit!

Victoria

Tag 1

Alles geschieht so plötzlich.

»RUNTER!«, brüllt Ismael vom Fahrersitz zu mir nach hinten, dreht sich in Richtung Windschutzscheibe und startet den Motor. Ich kann seinem Befehl nicht Folge leisten, da meine Aufmerksamkeit auf die Wagen gelenkt wird, die sich rasend schnell in unsere Richtung bewegen und mich in Schockstarre versetzen. Es sind mehrere, wie viele erfasse ich auf die Schnelle nicht, aber ein Wagen sticht sofort heraus, Carlos, der den Trupp anführen muss. Meine Gedanken überschlagen sich bei dem Anblick, fragen, Bilder, Vorahnungen teilen sich ihren Platz durch meine Gehirnwindungen und doch bleibt keiner richtig hängen und so entsteht eine Leere in meinem Kopf, die kein Handeln zulässt.

Die Reifen drehen durch, der Motor heult auf, ehe ich mit einem Ruck in meinen Sitz gedrückt werde und erst das laute Scheppern der Kofferraumklappe lässt zu, dass mir mein Körper wieder gehorcht.

Meine Hand fährt blitzschnell zu dem Verschluss des Anschnallgurtes, öffnet ihn und ich gleite in den Fußraum. Sobald meine Knie den Teppichboden berühren, beginnt ein ohrenbetäubender Lärm auf das Auto niederzuprasseln.

Ich kenne das Geräusch nur aus Filmen, wenn die Welt untergeht und ein Hagelsturm das Geschehen ankündigt. Golfballgroße Eisklumpen, die lautstark auf Metall treffen, nur sind es in unserem Fall keine gefrorenen Wasserklumpen, sondern Patronen die auf den Wagen prasseln.

Ich verschränke meine Hände über den Kopf, drücke mich mehr in den engen Fußraum, dessen mittlere Erhöhung in meinen Bauch drückt und kneife die Augen fest zu. Lautes Reißen gesellt sich zu den permanenten Salven, die Fensterscheiben zersplittern und ich spüre, wie sie auf meinen Leib am Boden regnen. Sobald sie mich berühren, muss ich meiner Angst lautstark Ausdruck verleihen und schreie schrill dem Boden entgegen. Bei der Geschwindigkeit, die Ismael drauf hat, spüre ich jede kleine Bewegung des Wagens überdeutlich und als er eine scharfe Linkskurve nimmt wird mein Körper gegen die Tür geschoben, so, dass ich meine Hände vom Kopf und gegen das Plastik drücken muss, um meinen Schädel vor einer direkten Kollision mit ihm zu schützen.

»Victoria?«, spricht er mich vom Fahrersitz an, aber ich kann ihm nicht antworten, denn ich bin damit beschäftigt, meine Hände wieder auf mein Haar zu pressen und sie dort schützend zu lassen.

»VIKKI!«, brüllt er jetzt, berührt mich an meiner Hüfte und ich schreie wieder auf.

»Vikki, ich weiß, du hast Angst, aber ich brauche deine Hilfe.« Meine Hilfe? Ich zittere am ganzen Leib, Tränen laufen unaufhörlich aus meinen Augen und ganz sicher werde ich nicht so wahnwitzig sein und nach vorne zu ihm klettern. Ich drehe meinen Kopf zur Seite, öffne meine Augen und linse zu ihm hinauf. Sein Blick ist ernst, auf das Geschehen vor ihm gerichtet und seine Arme sind so angespannt, dass sie jeden einzelnen Muskel hervorheben und seine gebräunte Haut mit einem roten Schimmer überziehen.

»Du musst nach vorne kommen und fahren, damit ich auf sie schießen kann«, verkündet er, was ich tun soll, bestätigt meine Annahme und nimmt wieder eine scharfe Linkskurve.

»AH … ICH KANN KEIN AUTO FAHREN!«, kreische ich währenddessen, kneife meine Augen wieder zu und muss mich anstrengen, den verbrauchten Sauerstoff wieder in meine Lungen zu pumpen.

»SHIT! … Okay … Öffne die Rückbank und hol aus dem Kofferraum die Waffen«, weist er mich stattdessen an, aber auch das kann ich nicht. Ich habe viel zu viel Angst meinen engen Schutzraum zu verlassen, auch wenn ich keine Einschläge auf das Auto mehr hören kann, weiß ich nicht wie die Situation aussieht und die Gefahr ist zu groß da oben von einer Kugel erwischt zu werden.

»Ich kann nicht«, piepse ich, kneife meine Augen mehr zusammen und beginne meiner Panik, endgültig ihren Freiraum zu geben. Mehr Tränen rinnen aus meinen Augen, Schluchzer schütteln meinen Körper und ich presse meinen Körper noch schmerzhafter gen Boden.

»Vikki, ich weiß, dass du Angst hast, ich weiß, dass es sich anfühlt, als könntest du dich nicht bewegen, aber du schaffst das. Wir haben einen guten Abstand, dir wird nichts passieren, aber du musst die Waffen holen«, redet er eindringlich auf mich ein, beschwört mich, nur hat er keine Vorstellung davon, wie paralysiert mein Körper ist. Er legt eine Hand wieder auf meine Hüfte, dieses Mal nicht, um eine Reaktion zu bekommen, sondern es fühlt sich tröstend an, so, als würde er mir seine Stärke in all dem Chaos geben.

»Du kannst das Vikki«, versichert er mir und löst meine schmerzende Anspannung damit. Zitternd lege ich meine Hände unter die Brust, drücke mich vorsichtig hoch, da die Glassplitter sich nicht in meine Haut bohren sollen, und erhebe mich, bis mein Oberkörper aufrecht und auf einer Höhe mit der Rückbank ist. Darauf bedacht, meinen Kopf nicht auf Fensterebene zu bringen, greife ich geduckt an die hochgeklappte Lehne in der Mitte, ziehe sie hinunter und öffne den Verschluss der sich dahinter befindet, um in den Kofferraum zu gelangen. Mit einer Hand taste ich hinein, aber meine Finger berühren keinen Gegenstand. Ich krieche mit meinen Knien auf die Rückbank, verbiege meinen Oberkörper ungelenk, um tiefer in das dunkle Loch zu kommen und muss den ganzen Arm benutzen, ehe ich so etwas wie Stoff spüre. Fest packe ich zu, ziehe die schwere Tasche heran und brauche verdammt viel Kraft um sie durch die kleine Öffnung zu befördern. Sobald ich sie befreit habe, rutsche ich wieder in den Fußraum und werfe sie auf den Beifahrersitz.

Ich lehne mich an die Tür zurück, ziehe meine Knie an und umschlinge sie mit meinen Armen. Ich war so nah an der Freiheit, so nah dran, das Land zu verlassen und

Alejandros Fängen zu entkommen. Stattdessen habe ich so viele Menschen mit mir in Gefahr gebracht, Matteo, Amelia und Ismael. Das Doktor Paar wird sich dank Matteos Informationssammlung seinen Weg nach Hause freikaufen können, möglicherweise haben sie es aber noch geschafft. Ismael hingegen wird von Alejandro hingerichtet werden und ich … Ich werde unter seinen Händen Qualen erleiden, die jede Bestrafung der letzten zehn Jahre in den Schatten stellen wird. Hoffnungslosigkeit macht sich in meinem Inneren breit, füllt sich mit all den dunklen Vorboten und lässt neue Tränen meine Wangen hinab gleiten.

»Hier«, wendet sich Ismael an mich, hält einen Gegenstand in den freien Raum zwischen den Vordersitzen und überfordert mich mit seiner Bitte.

»Nimm es«, wird er energischer und ich greife an das kühle Metall des Gewehres. Nennt man das so? Bestimmt hat es seine ganz spezielle Bezeichung, nur kenne ich mich mit solchen Dingen nicht im geringsten aus und halte es dementsprechend von meinem Körper fern, auch wenn sein Gewicht meine Arme anstrengt.

»Vikki?«

»Hm?«

»Stell dich auf die Rückbank und schieß aus der Heckscheibe«, gibt er trocken an mich, wenn ich sein Gesicht sehen könnte, bin ich mir sicher, den puren Ernst darin sehen zu können. Wenn er meins sehen würde, hätte er mich gar nicht erst gefragt.

»Ich kann nicht schießen«, gebe ich dümmlich von mir,

halte das Gewehr wieder in seine Richtung und will es loswerden.

»Das weiß ich auch. Es ist aber leichter, dir das auf die schnelle beizubringen, als eine Fahrstunde zu erteilen.«

»Was wenn ich jemanden treffe?«

»Sinn und Zweck der Sache. Leg das Maschinengewehr auf der Abdeckung ab, klemm es dir gut in die Schulter, am besten lehnst du sie an der Kopfstütze an, der Rückstoß ist heftig und wird dich erschrecken. Solange du nicht hochziehst, lässt du den Finger auf dem Abzug und feuerst auf die Autos direkt hinter uns.« Nicht sein ernst?! Auch wenn ich bezweifle es hinzubekommen, lege ich das Gewehr auf die Rückbank, steige mit vor Angst steifen Gliedern darauf, bedacht meinen Kopf weiterhin geduckt zu behalten, nehme ich es anschließend wieder in die Hand und linse misstrauisch mit einem Auge über die Lehne. Hier oben peitscht der Fahrtwind durch die zerschossenen Fenster, wirbelt mir meine schweißnassen Haare ins Gesicht und ich muss sie mir hinter die Ohren klemmen, um etwas zu sehen. Wir befinden uns auf dem Expressway vom Flughafen Gelände weg, überholen mit rasender Geschwindigkeit ein Auto nach dem anderen und in der Ferne erkenne ich einige Wagen, die zu uns aufholen.

»Hier«, erklingt die Stimme von Ismael, gefolgt von kalten Gegenständen, die gegen mein Knie prallen und meinen Blick von der Straße nach unten lenken. Mehrere rechteckige schwarze Magazine liegen dort, nur die goldenen Kugeln scheinen an der oberen Öffnung hervor und lassen das Unheil in ihnen glänzen. Ich habe nicht mal eine Ahnung wie ich das Gewehr bedienen soll, geschweige denn wie ich es nachlade, also lasse ich sie dort liegen und mache mich daran, seine vorherige Anweisung umzusetzen. Ungelenk erhebe ich mich, strecke meinen Oberkörper über die Lehne, platziere das schwere Gewehr vor mir und drücke es in meine Schulter, die ich, wie er gesagt habe, an die Kopfstütze presse.

»Okay?«, stottere ich ängstlich, unsicher, ob ich es richtig mache und noch unsicherer, ob ich das durchziehen kann. Meinen Blick halte ich aus dem Loch in der mal die Heckscheibe war, starre die Wagen an, die langsam aber stetig aufholen, nur hier und da von den vorbeiziehenden Autos, die aufgrund unserer Geschwindigkeit ausweichen, abgebremst werden.

»Auf der linken Seite findest du einen länglichen Stift, den musst du runterdrücken, damit entsicherst du, und die Waffe ist scharf. Warte bis sie ungefähr zwei Autolängen hinter uns sind und feuer drauf los.« Es ist schwer, das schwere Ding sicher zu halten, bei dem Ruckeln, das durch die schnelle Geschwindigkeit, dem Ausweichen und der Unebenheiten der Straße den Wagen schüttelt. Ich fahre mit meinen Fingern die linke Seite ab, finde eine längliche Erhebung und als ich mit etwas Kraft daran drücke, lässt er sich nach unten schieben und ein leises Klicken ertönt. Adrenalin flutet meinen Körper, lässt mein Herz laut gegen die Rippen pochen und mein Puls schlägt laut in meinen Ohren. Ich versuche mich mit tiefen Atemzügen zu beruhigen, mich auf das kommende vorzubereiten, denn, selbst wenn ich keine Ahnung habe, wie ich das gefährliche Ding in meinen Händen bedienen soll. Weiß ich, dass ich alles tun werde, um zu verhindern, zurück in ihre Hände zu gelangen und mein Leben wieder von jemandem bestimmen lassen. Es ist an der Zeit, dass ich es mache, dass ich die Entscheidungen trage und sollte das hier nicht gut enden, möglicherweise sterben, dann ist es meine Entscheidung und immer noch besser, als all die Optionen, die ich bei ihnen habe. Mein Leben bei Alejandro wäre nie mehr so wie es war, nicht mehr behütet, nicht mehr frei wie ich es dachte, er wird mich mehr denn je foltern, mich benutzen und meinen Vater so erpressen.

Die Autos kommen näher, angeführt von dem Widerling Carlos, Erinnerungen an ihn fluten mein Gehirn und ich sehe rot. Mein Zeigefinger krümmt sich, zieht den Halbkreis nach hinten und löst ein Gewitter aus.

Darauf kann man sich nicht vorbereiten. Meine Schulter wird gewaltsam nach hinten gezerrt, drückt sich in den Stoff der Lehne und erschüttert meinen ganzen Leib. Meine Trommelfelle schmerzen bei den lauten Knallen, die direkt neben meinem Gesicht ertönen und ich kralle mich mit aller Macht an die Waffe, um irgendwo halt zu finden. Gefühlte Minuten halte ich das Feuer, treffe nur sporadisch, da die Wagen sofort, nachdem ich angefangen habe zu schießen, nach hinten fallen. Allerdings kann ich mich nicht bewegen, ich kralle mich weiterhin fest, umschließe meinen einzigen Halt hier hinten und drücke immer noch den Abzug.

»Victoria«, dringt es aus weiter Ferne an mich. »Victoria! … Hey!«, dringt Ismaels Stimme zu mir durch, begleitet von einem Rütteln an meinem Fuß. Die Situation kracht auf mich ein, trotz des Adrenalins in meinem Blut merke ich meine schmerzenden Glieder, ihre Steifheit, und dass ich ungedeckt auf der Ablage liege, die Wagen wieder näher kommen und ich Munition brauche. Blitzschnell ducke ich mich wieder, schaue zu Ismael, der seinen Blick stur auf die Straße gerichtet hat und den Wagen mit schnellen Bewegungen durch den Verkehr manövriert.

»Hörst du mich?«, fragt er, als er meinen Blick bemerkt. Meine Ohren klingeln noch, lassen seine Stimme dumpf wirken, obwohl ich mir sicher bin, dass er ziemlich laut spricht.

»Leise, aber ja.«

»Sicher die Waffe und dann findest du direkt über dem Abzug den Mechanismus, der das leere Magazin rauswirft, anschließend nimmst du das Neue und steckst es hinein … drück es richtig fest an.« Den Knopf finde ich schnell, aber das Einsetzen des Vollen gelingt mir erst nach ein paar Versuchen, da meine Hände zittern.

»Geschafft«, rufe ich vor Freude aus, grinse über diesen Umstand und erkenne auf Ismaels Gesicht das Schmunzeln.

»Sehr gut. Jetzt das Ganze von vorne. Wir müssen sie loswerden.« Nickend stimme ich ihm zu, positioniere mich wieder, atme tief ein und schieße. Ich treffe Carlos Wagen permanent, bis eine Rauchwolke entsteht, der Wagen schlingert und auf den sich dahinter fahrenden prallt. Lautes Krachen von Metall auf Metall ertönt, ein Wagen fährt auf den Nächsten und blockiert die komplette Straße.

»Oh mein Gott«, entfernt es mir, als ich sehe und realisiere, dass ich es wirklich geschafft habe.

»Ich wusste, du kannst es.« Ich sinke auf den Sitz zurück, beginne am ganzen Leib zu zittern und presse das Gewehr an mich.

»Sicher die Waffe und dann komm nach vorne. Noch haben wir es nicht geschafft, aber du hast uns einen guten Vorsprung erarbeitet.« Ich betätige den Stift an der linken Seite, krabble zu ihm nach vorne und setze mich neben ihn. Seine Hand landet auf meinem Oberschenkel, drückt ihn und das Zittern in meinem Körper beginnt nachzulassen. Seine Hand gibt mir Halt, beruhigt mich, zeigt mir, dass ich nicht alleine bin, ob er das mit der Handlung ausdrücken wollte weiß ich nicht, aber für mich ist es all das. Und das ist gut so.

Darren

»I'm sick of all the insincere. So I'm gonna give all my secrets away«

- OneRepublic

Wir haben vor einer halben Stunde die Grenze zu Sierra Leone passiert, bis jetzt haben wir keine neuen Verfolger und ich bete, dass wir es unauffällig bis Freetown schaffen. Auf die Schnelle musste ich einen neuen Plan finden, eine andere Möglichkeit suchen, das Land zu verlassen und das, während wir vor Carlos und seinen Männern flüchten.

Victoria hat so verdammt gute Arbeit geleistet, trotz ihrer lähmenden Angst hat sie sich nicht unterkriegen lassen und unsere Feinde mit sehr viel Anfängerglück aufgehalten. Es wäre töricht von mir zu denken, dass sie sie endgültig erledigt hat, wie durch ein Wunder alle bei der Karambolage umgekommen sind und wir fröhlich und ohne Bedenken unsere Reise in die Freiheit weiterführen können. Trotzdem bin ich unglaublich stolz auf sie, habe ihren Kampfgeist im Rückspiegel gesehen, als sie die Waffe nachgeladen, sich zielstrebig positioniert hat und für unsere Freiheit feuerte. Sobald sie neben mir saß, habe ich gemerkt, wie das Adrenalin, das sie angetrieben hat, nachließ, ihr Körper begann zu zittern und ihre Nerven blank lagen. Ich wollte ihr beistehen, ihr beruhigende Worte sagen, ausdrücken, wie gut sie das gemeistert hat, aber keine Silbe glitt über meine Lippen, ich war selber noch zu angespannt, um meinen Mund zu öffnen. Stattdessen habe ich meine Hand auf ihren Oberschenkel gelegt, ihre zarte Haut berührt, die Weichheit beschwichtigend gedrückt und meinen Beistand in diese Berührung gelegt. Ob sie das so aufgenommen hat, weiß ich nicht, aber das Zittern ließ fast augenblicklich nach und seitdem sitzt sie still neben mir, blickt auf das vorbeiziehende Grün und saugt alles in sich auf. Es liegt ein angenehmes Schweigen zwischen uns, sie verarbeitet noch das Geschehene, ich plane in meinem Kopf die nächsten Schritte und dazu benötigen wir keine Worte. Dennoch bin ich überrascht, wie sehr sie mir vertraut, und dass sie es tut, beweist sie mir mit ihrem Schweigen. Jeder andere in ihrer Situation würde fragen stellen wie: Wie geht es jetzt weiter? Wohin fahren wir? Was ist der Plan? Aber sie legt ihr Schicksal in meine Hände, vertraut darauf, uns in Sicherheit zu bringen, vertraut auf mich.

Ich würde es gerne dabei belassen, uns weiterhin in dieser Blase einschließen, aber ich muss telefonieren, die nächsten Schritte koordinieren und ihr endlich mein Geheimnis offenbaren. Das würde ich lieber in einer ruhigen Minute tun, ihr dabei ins Gesicht schauen und mich erklären. Nur haben wir diese Minute nicht, können nicht am Wegesrand halten, alles besprechen, damit sie aufgeklärt ist und nicht mehr im Dunkeln tappt, wie all die Jahre.

Seufzend drücke ich an den Rand meiner Jeanstasche, schiebe das Handy heraus, entsperre den Bildschirm und rufe die Nummer an, an deren Ende immer der Anrufbeantworter anspringt. Das Piepen ertönt und ich spreche auf das Band.

»Darren Miller, Deckname Ismael Flores erbittet sofortigen Rückruf.« Sobald ich die Worte gesprochen habe, drücke ich den roten Knopf, kappe die Leitung und sehe im Augenwinkel Victorias Kopf in meine Richtung schnellen. Mein Blick bleibt stur auf die Straße vor uns gerichtet, ich will nicht den Bruch in ihren Augen sehen, will nicht erkennen, wie sie das endlose Vertrauen in mich verliert, weil sie nicht weiß, wem sie genau das geschenkt hat. Shit, ich kann sie ja verstehen. Martínez, ihr Ehemann, hat sie all die Jahre angelogen, ihr nur etwas vorgespielt und dann komme ich daher und mache genau dasselbe. Ein Kichern erklingt neben mir, gefolgt von tiefem Einatmen und ihre liebliche Stimme füllt das Wageninnere.

»Darren Miller, passt wesentlich besser, als Ismael«, gibt sie wie beiläufig von sich, veranlasst mich jetzt, meinen Kopf zu ihr zu drehen und erneut beginnt sie zu kichern. Ihre grünen Augen treffen auf meine, das Grinsen wird breiter und einen Moment später öffnet sich ihr Mund und ein lautes, alles mit sich ziehendes Lachen schallt mir entgegen. Zieht mich mit sich, verdrängt all die Sorgen, hebt mich für Sekunden in die Freiheit und ich kann nicht anders als mit einzustimmen. Es ist befreiend, tut unglaublich gut und hilft die Anspannung, die meinen Körper seit dem Verlassen des Anwesens im Griff hat, etwas zu lockern. Jedoch währt diese ausgelassene Stimmung genauso lange wie sie da war, denn mein Handy beginnt zu klingeln und zerstört diesen winzigen Moment des Friedens, den wir uns in unserem

Krieg gegönnt haben.

Ich wische mit dem Finger über das Display, klicke auf den Lautsprecher und antworte:

»Ja.«

»Sie haben eine Pizza bestellt?«

»Ich befinde mich mit Victoria Martínez in Sierra Leone, wir sind auf dem Weg nach Freetown, um dort von einem Flieger von ihnen abgeholt zu werden,Sir.«

»Miller, Einsatzbericht«, brummt mein Vorgesetzter, der zwar meinen Namen kennt, ich aber nicht seinen, aufgrund eines Wechsels, was das Personal angeht, als auch unsere geringe Möglichkeit des Nachrichtenaustausches. Schließlich hatte ich nicht die Zeit, erst zu fragen, wer denn die Antworten verfasst, oder gar ein Telefonat zu führen. Es war nur wichtig, die Koordinaten durch zu geben, das Ziel zu sichern, den Auftrag auszuführen und da ist es egal, wer am anderen Ende sitzt, Hauptsache jeder erledigt seinen Job.

»Ich habe Alejandro Martínez mit einem Schlafmittel ausgeschaltet und dafür gesorgt, dass er zur passenden Zeit im Anwesen ist. Anschließend habe ich mit Victoria Martínez, geborene Brown, das Grundstück verlassen. Am Flughafen wurden wir von Carlos und einigen seiner Männer bei der Flucht überrascht und konnten den wartenden Flieger nicht nehmen. Wir mussten das Flugfeld verlassen, sind über die Schnellstraße geflüchtet und konnten unter Beschuss die Verfolger aufhalten. Ich musste schnell handeln und einen neuen Weg finden, also haben wir die Route nach Sierra Leone eingeschlagen, da ich die Strecken über die Landstraßen kenne und meiner Meinung nach unsere Flucht- und Überlebenschancen hier am höchsten sind. Wir müssen noch den Wagen tauschen, aber sollte alles gut gehen, werden wir morgen Mittag den Flughafen erreichen«, gebe ich das bisher Geschehene von mir, realisiere wie wenig Worte ich für all die Geschehnisse der letzten Stunden brauche und dass es nicht annähernd die Situation für uns wiedergibt. Aber so ist das beim Militären. Dort interessiert es niemanden, wie du dich gefühlt hast, wie brenzlig die Lage war, solange man noch lebend da rausgekommen ist und einen Bericht abgeben kann. Victoria neben mir hält ihren Blick auf den Schoß gerichtet, scheint tief in Gedanken zu sein und ich erwische mich dabei, wie ich mir Sorgen mache, was meine Aussage bei ihr ausgelöst hat.

Es ist eine Sache etwas zu erleben, jemanden nüchtern darüber reden zu hören und es ganz anders zu empfinden. Sobald man sich die Zeit nimmt und alles Revue passieren lässt, kann man schnell in die Angst zurückversetzt werden und durchlebt den Rausch erneut. Wichtig ist es, sich aufzufangen, das lernen wir in unserer Grundausbildung, aber für eine Zivilperson mit keinerlei Erfahrung ist das ein durchaus traumatisches Erlebnis und der beste Treibstoff für Horrornächte.

»Wie lauten ihre aktuellen Koordinaten?«, erwidert mein Vorgesetzter, darauf bedacht, so viele Informationen wie möglich zu haben und keine Zeit mit Nichtigkeiten zu verschwenden. Ich drücke auf dem Bildschirm, kehre zum Hauptmenü zurück, suche den genauen Standpunkt und nenne ihm diesen.

»Wir schicken einen Helikopter um sie zu holen, wir müssen die Tochter des Präsidenten so schnell wie möglich in Sicherheit bringen…«

»Fast Präsident«, unterbricht ihn Victoria schnaubend, offenbart damit, dass sie das Gespräch mit angehört hat und ich habe Bedenken, dass meinem Vorgesetzten dieser Umstand missfallen könnte.

»Bei allem Respekt, Miss, es ist nur eine Frage der Formalität. Ginge es nach dem Volk, würde ihr Vater schon morgen im Oval Office sitzen und deswegen hat es oberste Priorität sie wieder zurück nach Hause zu holen.« Daraufhin ist sie still, ich spüre ihren Blick auf meinem Gesicht, wie ihre Augen sich in meine Wangen brennen und ich lege ihr zur Beruhigung meine Hand auf den Oberschenkel. Geschlagen höre ich sie aufseufzen und ich weiß, sie hat meine Botschaft, dass wir später darüber reden, verstanden.

»Folgen sie der Straße weiter, in drei Stunden dürfte der Helikopter sie eingeholt haben. Zur Sicherung schicken wir die Drohne hinterher.«

»Verstanden. Sir?«

»Ja, Miller.«

»Wie ist der Stand von Martínez?« Eine kurze Stille legt sich über die Leitung, Victorias Muskel spannt sich unter meiner Hand an und ich weiß nicht, wie ich diese Reaktion einschätzen soll. Ist es aus Angst, dass er noch lebt? Oder begreift sie jetzt erst, dass wir ihren Ehemann in den hoffentlichen Tod geschickt haben?

»Laut Satellitenbilder hat keiner das Anwesen vor oder nach der Eliminierung verlassen. Wir warten noch das offizielle Statement der Kräfte vor Ort ab, aber bis jetzt gehen wir davon aus, dass der Einsatz erfolgreich war. Gute Arbeit, Miller.« Damit ist das Gespräch beendet und die Leitung verstummt.

Eine Last fällt von meinen Schultern. In einer Ecke meines Kopfes befand sich die ganze Zeit der Gedanke, dass irgendwer Martínez aus dem Haus und zu einem Arzt gebracht haben könnte. Ich weiß, dass sich dort mehr Leichen als nur seine befinden werden. Esmeraldas als Beispiel, oder die Wächter am Tor und die sich auf dem Gelände verteilt befinden. Aber das waren Kollateralschäden, Opfer, die für das große Ganze gebracht werden mussten und leider mit dem Monster das Zeitliche segneten.

»Anhalten bitte«, flüstert Victoria neben mir, so leise, dass ich es über die Geräusche des Motors fast versäumt hätte.

»Wir müssen in Bewegung bleiben.«

»Halt bitte an, Darren. Jetzt!«, wird sie eindringlicher. Sie ist die erste Person seit fast fünf Jahren, die mich bei meinem richtigen Vornamen nennt und es tut verdammt gut ihn mit ihrer melodischen Stimme zu hören. Ich überprüfe in den Spiegeln, ob sich außer uns noch andere Fahrzeuge auf der Straße befinden, aber weit und breit sind keine zu erkennen und ich denke, es ist ungefährlich, ein paar Minuten auf der Stelle zu verweilen. Mein Griff um den Lenker wird fester, dreht an dem Rad, damit der Wagen nach rechts an den Rand lenkt und halte an.

Sobald das Auto steht, greift sie an die Tür, öffnet sie und steigt aus. Meine Hand wandert genau wie ihre an die Tür und ich folge ihr in die schwüle Hitze.

Victoria

Tag 1

Feuchte Hitze schlägt mir entgegen, legt sich klamm auf meine Haut, während die Luft meine Lungen nicht erreicht. Meine Kehle wird von einem Kloß verstopft, Tränen sammeln sich in meinen Augen und mein Herz flattert wild.

Ich hebe meinen Kopf zum Himmel, strecke meinen Hals, sammele alles in meinem Hals und schreie. Meine Stimmbänder vibrieren, lassen verschiedene Vogelarten in meinen Schrei einstimmen und können mich dennoch nicht übertönen. Mit diesem Ausbruch lasse ich alles raus. Mein gebrochenes Herz, da der Mann, von dem ich dachte, dass ich ihm vertrauen könnte, es genommen hat. Meine Wut, über mich selbst, dass ich so dumm gewesen bin und mich seiner Gehirnwäsche willig gebeugt habe. Und die ganze Erleichterung. Er ist tot, kann mich nicht holen, mich wieder in seinen Käfig zwängen und mich für seine miesen Spielchen benutzen. Ich bin frei. Nach so vielen Jahren, so vielen Schmerzen bin ich gerade, jetzt in diesem Moment frei. Keine Familie, kein falscher Ehemann, keiner, der mich in eine Rolle zwängen will. Ich bin ich, einfach Victoria, die am Rande einer Straße in Sierra Leone steht und sich das alte Leben aus dem Körper brüllt, um mit dem nächsten Atemzug das neue Willkommen zu heißen.

Arme legen sich um mich, pressen mich an eine harte Brust und stabilisieren meinen zitternden Leib. Darren. Ein Soldat des US- Militärs, der Regierung, die mein Vater bald anführen wird. Ob das, ich, sein Auftrag war? Wussten sie die ganzen Jahre über, wo ich war? Wer mich hatte? Wieso hat er nichts erwähnt, als wir den Deal vereinbart hatten? Er wollte nur mein Vertrauen, das ich ihm gegeben habe und auch, wenn er mich nicht enttäuscht hat, alles dafür getan hat, mein Geheimnis zu bewahren, so empfinde ich dennoch ein Brennen des Verrates, dass er mir nicht dasselbe Vertrauen entgegengebracht hat. Ich spüre, wie mich seine Arme fester umschlingen, sein Kinn sich auf meine Schultern legt und sein Mund heißen Atem über meine Ohrmuschel jagt.

»Ich halte dich«, flüstert er, unterlegt seine Worte, indem er sich noch mehr an mich schmiegt und keinen Platz für anderes lässt. Mein Schrei verstummt in all den Gedanken und Gefühlen, die in meinem Innern toben und es gibt nur einen Ausweg, Ordnung zu schaffen.

Ich drehe mich in seiner festen Umarmung, lege meine Hände auf seiner festen Brust ab und schaue ihm direkt in die dunklen Augen. Sie sollen mir die Wahrheit sagen über das, was ich aus seinem Mund hören werde. Ich möchte so viel wissen, brauche die Antworten auf alles, aber die wichtigste Frage, die mehr lüften wird, formt sich klarer in meinem Schädel und ich stelle sie ihm.

»Wer … Was, wie genau lautete dein Auftrag?« Seine dunklen Iriden studieren meine, wechseln von einer zur anderen Seite, ehe seine Lippen sich öffnen und mir endlich

Worte entgegnen.

»Eliminierung von Alejandro Martínez.« In seinen Augen erkenne ich die Wahrheit seiner Aussage und mein Herz setzt einen Takt aus. Nicht ich.

»Wusstet ihr von mir?«, frage ich nervös, nicht sicher, was mir die Antwort geben wird.

»Nein.« Stille, von mir, von ihm, vom verdammten Dschungel, der die Seiten der Straße säumt. Ich fühle unter meinen Hände, wie er tief Luft holt, seine Augen schließen sich für einen Moment, seine dichten Wimpern ruhen auf der Wange, ehe er sie wieder öffnet und ich alle Emotionen in den braunen Augen, die mit dunklen Mustern durchzogen sind, erkenne.

»Ein Jahr lang wurde ich für diesen Auftrag ausgebildet. Ich lernte Spanisch, verinnerlichte meine neue Identität und dank meines eidetisches Gedächtnis brauchte ich die Karten nicht lange studieren. Meine Aufnahmefähigkeit ist exzellent und auch in Gefahrensituationen kann ich schnell kombinieren und einen kühlen Kopf bewahren. Es hat über vier Jahre gedauert, mich hochzuarbeiten. Ich musste von ganz unten beginnen, mir einen Namen machen und ihr Vertrauen erschleichen. Uns war klar, dass wir nicht anders an den Kopf der Ratte gelangen … Dass es allerdings fast fünf Jahre bis zu seiner Eliminierung dauern würde, wusste niemand von uns. Klar wird man darauf vorbereitet den Einsatz nicht zu überleben und wenn man sich für diese Art der Arbeit entscheidet, muss einem das bewusst sein, also…« Er atmet nochmal tief ein und fährt dann fort. »Wir wussten nicht, dass er dich in seiner Gewalt hat, geschweige denn, dass er überhaupt eine Frau hat. Als ich dich dann gesehen habe, als ich erkannt habe, wen, er da am Arm hat, änderten sich meine Prioritäten. Du musst mir glauben, hätte ich gewusst, dass er dich damals entführt hat, hätte ich mich mehr angestrengt, schneller an ihn zu gelangen. Egal, was meine Vorgesetzten gesagt haben, ich konnte dich einfach nicht bei ihm lassen oder schlimmer … dich als Kollateralschaden vergessen.« So lange ist er schon hier im Land, so lange getrennt von seiner Familie, ob er eine Frau hat? Kinder? Ich weiß nichts über ihn und doch würde ich ihm mein Vertrauen immer wieder schenken.

»Warum hast du nichts gesagt? Damals, als wir unseren Deal geschlossen haben.«

»Ich klinge für dich wie das letzte Arschloch, aber ich hatte keine Ahnung, wer du bist. Ja, ich kannte deinen Namen, wusste, dass du entführt wurdest, aber nicht welche Sorte Mensch. Wie loyal du deinem Mann gegenüber warst, wie tief du in seinem Netz bist, ich konnte dir zu dem Zeitpunkt nicht ein Geheimnis anvertrauen, das über mein Leben und den Ausgang meiner Arbeit entscheidet. Ich war damals noch der Überzeugung, dass ich dich gegen deinen Willen mit zurück nach Amerika schleppen muss und glaub mir, ich hätte es getan. Aber dann …«

»Dann was?«, frage ich und halte die Luft an.

»Dann habe ich gesehen, Shit, live mitbekommen, was dieser kranke Bastard dir, seiner eigenen Ehefrau antut, und ich wollte dir sofort alles sagen. Wollte dir versichern, dass ich dich da raushole, du nicht mehr lange dieses Leben führen musst, aber danach habe ich keine Sekunde mit dir alleine an einem einigermaßen sicheren Ort bekommen. Ich konnte nur auf das Anwesen, wenn er mich gerufen hat, alles andere wäre zu auffällig gewesen und hätte möglicherweise meine Tarnung in Gefahr gebracht. Es war reines Glück, dass Martínez die Ärzte in das Land geholt hat und uns so ungewollt das Ticket in die Freiheit besorgt hat.« Seine Hände verlassen meinen Rücken, legen sich um mein Gesicht und seine Miene wird noch eindringlicher, nimmt mich noch mehr gefangen.

»Ich vertraue dir, Victoria, so wie du mir vertrauen kannst. Ich bin an deiner Seite, gemeinsam schaffen wir es nach Hause.« Seine Worte lassen mich die Situationen nochmal durchleben, zeigen mir einen anderen Blickwinkel, lassen die ganzen Geschehnisse und Bedenken in einem ganz anderen Sinn erstrahlen. Er konnte nicht wissen, wie ich zu jenem Zeitpunkt reagiert hätte, damals war ich noch zu tief in Alejandros für mich gesponnener Welt. Und ja, um meinen eigenen Arsch zu retten, eine seiner Strafen zu umgehen, hätte ich ihn auflaufen lassen. Vermutlich, wenn mein Geheimnis ans Licht gekommen wäre, hätte seines, damals Ismael, Alejandros Wut von mir auf ihn gelenkt und ich schäme mich dafür, dass er richtig gehandelt hat.

Aber ich erinnere mich an den Moment in der Eingangshalle. Seinen eindringlichen Blick, die Worte, die er nicht ausgesprochen, aber mit seinen Augen so laut in meinen Kopf geschrien hat. Vertrau mir. Er hat es mir mit jeder seiner Handlungen bewiesen, dass er es wert ist, dass ich ihm endlos vertrauen kann und er es niemals missbrauchen würde.

»Ich weiß, es tut weh und dass du ihn wirklich geliebt hast. Aber er war kein guter Mensch, er war ein Monster, der Geld mit dem Leid anderer verdient hat und sein Tod rettet mehr Leben, als bei dem Angriff umgekommen sind«, versteht er meine Reaktion auf das Telefonat und meinen Drang, frische Luft zu atmen, falsch. Jetzt bin ich diejenige, die ihre Hände um sein Gesicht legt, seine volle Aufmerksamkeit fordert.

»Danke. Danke, dass du an mich gedacht hast und mich befreit hast. Danke, dass du in mich vertraut hast und Danke, dass du mir meine Freiheit gegeben hast.« Verblüffung strahlt mir auf meine Worte hin entgegen, seine Miene entgleitet ihm und eine kleine Überforderung schleicht sich in seine Augen. Seufzend schließt er seine Lider, senkt seinen Kopf und verbindet ihn mit meinem. Stirn an Stirn stehen wir am Straßenrand, verknüpfen unser inneres Band enger, erneuern stumme Versprechen und halten uns gegenseitig.

»Immer«, entgegnet er mir und unser Moment wird von einem Geräusch über uns beendet.

Eine längliche Drohne summt weit über unseren Köpfen, dass sie uns im Blick hat, suggeriert ihr stehenbleiben.

»Wir müssen weiter«, kommt es nun mit der gewohnten Härte von ihm und wir steigen zurück in das klimatisierte Innere des Wagens, der uns Stück für Stück in Sicherheit bringt.

Darren

»Ain't finished 'til the finish line comes«

- Jules Larson

Langsam bringe ich den Wagen am Straßenrand zum Stehen. Die Sonne ist mittlerweile untergegangen, sodass nichts außerhalb des Lichtkegels der Scheinwerfer zu sehen ist und selbst der Helikopter vor uns hat Mühe die Dunkelheit zu durchbrechen. Seine blinkenden Lichter signalisieren seinen Standpunkt am Boden, sporadisch wechseln sie von blau zu rot, kleine Dioden in der schwarze.

»Dann wollen wir mal«, wende ich mich an Victoria, öffne gleichzeitig die Tür und steige aus. Auf dem Weg zum Kofferraum hole ich die Tasche mit den Waffen von der Rückbank, das Gewehr wieder sicher in ihr verpackt und schultere die Tasche. Danach öffne ich das Heck, hole meinen olivfarbenen Seesack heraus, werfe auch diesen über meine Schulter und greife für den letzten Gegenstand hinein. Victoria tritt an meine Seite, beleuchtet von dem bisschen Licht, erkenne ich die Abgekämpftheit in ihrem Gesicht. Der Tag hat sichtbar an ihren Nerven gezehrt, spiegelt sich nun in ihrer Miene wider und am liebsten hätte ich ihr die Strapazen erspart.

»Für mich?«

»Nicht meine Farbe«, erwidere ich, reiche ihr den pinken Beutel mit den Sachen, die ich für sie besorgt habe. Nicht viel, eine saubere Hose, ein T- Shirt und kleine Hygieneartikel für die Ankunft. Jetzt werden sie einen ganz neuen Sinn erfüllen und ich bin dankbar, überhaupt daran gedacht zu haben etwas einzupacken.

»Danke«, gibt sie nach einem kurzen Blick hinein von sich, ich werfe die Schlüssel in den leeren Kofferraum, schließe ihn und lege meine Hand an ihren unteren Rücken, führe sie zu den kleinen Lichtpunkten.

»Stehen bleiben!«, wird uns entgegen gebrüllt, während uns das Licht einer Taschenlampe blendet. Wir nehmen reflexartig die Hände hoch, halten sie über unseren Köpfen, ehe ich anfange zu sprechen.

»Mein Name ist Darren Miller und das ist Victoria Martínez. Und nimm das scheiß Licht aus unserem Gesicht.« Der Mann senkt es zu Boden, ich erkenne, wie seine Hand zum Stecker in seinem Ohr greift und ein, Copy, Sir, antwortet. Er nickt uns nur zu, was in dem bisschen Licht schwer auszumachen ist, ich die Geste aber sofort verstehe. Ich nehme meine Hände runter, lege eine wieder an den unteren Rücken von Victoria, sie greift die Hand sofort, verschlingt unsere Finger ineinander und drückt sie fest. Ihre Unsicherheit ist greifbar, sie weiß nicht recht, wie sie mit der Situation umgehen soll und klammert sich an mich, ihren einzigen Halt in diesem Moment. Meine Brust wird warm, bei der direkten Konfrontation ihres Vertrauens in mich, ihren Glauben an mich, und dass ich sie schütze, ihr bestes Interesse im Sinn habe. Hand in Hand besteigen wir den Helikopter, dessen Rotoren langsam ihre Arbeit aufnehmen, während sich die Soldaten, die ihn beschützt haben, zu uns gesellen. Einer von ihnen platziert sich in dem Sitz direkt vor uns, reicht jedem einen Helm, die anderen beiden sondieren die Umgeben durch die offenen Türen, ihre Gewehre im Anschlag. Unsere Hände trennen sich, damit wir die Kopfbedeckungen aufsetzen und mit den anderen über den Lärm kommunizieren können. Ihre Hand sucht sofort meine, greift fest zu und diesmal drücke ich sie bekräftigend, um ihr meinen Beistand zu vermitteln. Vertrau mir, ich bin bei dir.

Das knackende Geräusch in meinem Ohr kündigt an, dass wir ab jetzt mit dem Interkom verbunden sind.

»Willkommen an Board, Miller, Miss Brown«, beginnt der Mann uns gegenüber zu sprechen und bei der Erwähnung von Victorias alten Nachnamen zuckt sie merklich zusammen.

»Misses Martínez«, korrigiert sie ihn.

»Ich kann Ihnen versichern, dass meine Anrede für sie in unserem Land korrekt ist«, antwortet er, mit einer klaren unmissverständlichen Botschaft an sie und an mich, dass Befehle von ganz oben eine Ansage gemacht haben und nun unser Gespräch verfolgen können. Aber auch ohne ist ihre Namensgebung in Stein gemeißelt. Ihre Vermählung mit dem Monster wird schlichtweg nicht anerkannt, als nichtig erklärt, niemals existent und somit hat sie für ihren Vater und alle anderen nie einen anderen Namen gehabt. Als würde man die Jahre, die sie mit ihm verbracht hat, unter den Teppich kehren wollen, anstatt ihr den Respekt zu geben, ihre eigenen Entscheidungen zu treffen und zu wählen, für was sie sich entscheidet. Wieder nimmt ihr jemand die Stimme, erklärt, was für sie das Beste ist und entreißt ihr ein Stück Selbstständigkeit. Wut darüber, wohin mich meine Rückschlüsse getragen haben, setzt sich in mir fest. Ihr Vater ist zu mächtig, um mich dem zu widersetzen, aber wenn ich könnte, wenn ich nicht der kleine Agent wäre, der zwar den dicken Fisch ausgelöscht hat, aber sonst am Ende der Nahrungskette seine Position hat, dann würde ich Himmel und Hölle für ihr Recht in Bewegung setzen. Jetzt kann ich ihr nur still zeigen, auf welcher Seite ich stehe, auf ihrer. Ich drücke ihre Hand, ziehe ihren Arm etwas mehr zu mir und unsere Schultern prallen aufeinander. Der Mann, dessen Namen ich nicht weiß und ich auch keinen auf seiner Uniform erkenne, lässt seine Augen abwechselnd von mir zu ihre wandern, weiß nicht, wie er unsere Interaktion interpretieren soll und wechselt das Thema, lenkt uns in sicherere Gefilde.

»Wir erreichen den Flughafen in Freetown in circa zwei Stunden, dort wartet schon eine Maschine, die sie zurück nach Hause bringt. Das haben sie sich verdient, sie beide.« Nervosität gepaart mit Aufregung setzt sich nach seiner Aussage in meinem Körper ab. Vertreibt die Wut von gerade und Szenarien bilden ein Gesamtbild in meinem Kopf. Meine Familie, die mich erwartet, Vorgesetzte, die mir gratulieren und Victoria, die meine Hand loslassen muss, da unser gemeinsamer Weg ein Ende findet. Das Bild von ihr brennt sich in die Iris meines inneren Auges. Ihre Augen haben denselben Ausdruck, den ich vor Monaten bei ihr gesehen habe, als sie vor mir auf dem Boden knien musste und verzweifelt nach Hilfe schrie. Ich schlucke am Kloß, der meinen Hals blockiert, vorbei, versuche die Wahrheit, die in der Zukunft liegt, nicht auf meinem Gesicht zu zeigen und antworte dem Namenlosen Soldaten.

»Danke.«

»Gibt es jemanden, den Sie anrufen wollen, Miller? Wir haben ein Satelliten Telefon falls sie nach all den Jahren ihre Frau anrufen wollen.«

»Hätte ich eine, wäre ich ganz sicher nicht auf diese Mission gegangen. Aber nein danke, ich möchte erstmal ankommen«, weise ich sein nettes Entgegenkommen ab, spüre wie Victoria neben mir tiefer in den Sitz sinkt und versuche mich ebenfalls etwas zu entspannen. Ich kann meinen Schutzschild, meine Wachsamkeit nicht komplett ablegen, aber mit der Gewissheit, Unterstützung bei ihrem Schutz zu haben, lässt mich meine Augen schließen und Ruhe finden.

Victoria

Tag 2

Ich schließe die Tür der kleinen Kabine im hinteren Bereich des Jets, der uns von Afrika nach Amerika fliegt. Es hat einige Stunden nach unserem Umstieg vom Helikopter hier hinein gedauert, bis ich mich von Darren lösen konnte und mir eine Dusche sowie saubere Kleidung gegönnt habe. Seine Aussagen, dass er keine Frau hat, hat mich einerseits mit Freude erfüllt, nur um andererseits die Traurigkeit darin zu finden. Er hat niemanden, der auf ihn wartet. Vielleicht Eltern oder andere Verwandte, die seine Rückkehr kaum erwarten können, aber ich weiß, dass Blut nicht alles ist. Fast fünf Jahre seines Lebens hat er für die Mission geopfert, damit vielleicht die Chance auf Liebe zerstört. Und gleichzeitig bin ich so verdammt froh, dass er es getan hat, selbstsüchtig, denn ohne ihn, ohne seine Taten, die er im Hintergrund ausgeführt hat und mich damit unterstützte, wäre Alejandro schon längst hinter mein Geheimnis gekommen und ich, ohne jeden Zweifel … An ein Bett gekettet, geschwängert, um meinen Zweck, meinen Part in seinem so lange gesponnenen Plan zu erfüllen.

Macht mich das zu einem schlechten Menschen?

Ich bin Darren dankbar, so verdammt dankbar, dass er mich mitgenommen hat in die Freiheit. Und auch, wenn ich ihm alles Glück der Welt wünsche, dass all seine Träume in Erfüllung gehen, will ich auch, dass er es immer wieder tut. Wieder alles opfert, um mich zu retten, um mir mein Leben zurückzugeben.

Das Geräusch eines Fernsehers lenkt meine Aufmerksamkeit auf sich, lässt mich die Gateway schneller hinunter schreiten und ich nehme wieder direkt neben Darren Platz, der eine Fernbedienung in der Hand hält und lauter stellt.

»Senator Brown und seine Frau haben gerade die Army Base Fort McNair erreicht, wo er sich heute ein Bild der örtlichen Unterkünfte machen möchte und mit den Soldaten vor Ort austauschen will. Viele seiner Gegner sehen den spontanen Besuch als Vorwand für seine Mission Peacemaker an und vermuten, er will Insider-Informationen sammeln, wie er die einzelnen Stützpunkte schließen kann. Während seine Anhänger, die ihn liebevoll, den Präsidenten des Volkes nennen, dagegenhalten und bestärken, dass er mit den Menschen redet, als Sie wie einen Wert zu sehen. Was auch immer seine Beweggründe sind, wir berichten live für Sie«, beendet die Fernsehsprecherin ihren Beitrag und ich verfolge gespannt den Bildschirm, auf dem Bilder meiner Eltern zwischen Soldaten aufflackern. Wie weit sie von der Wahrheit entfernt ist und aufzeigt, wie falsch die Nachrichten sein können, wird hier deutlich. Meine Eltern sind auf dem Weg um mich zu holen. Ihre Tochter, die vor so langer Zeit aus ihren Händen entrissen worden ist. Was sie nur nicht wissen, was keiner hier weiß … Sie waren nie die liebevollen Eltern, die sie nach außen hin waren und ich weiß nicht, ob ich zu ihnen zurück will. Was werden sie nun von mir erwarten? Wen soll ich heiraten? Wie wollen sie mein Leben nun bestimmen? All die Fragen setzen ein Gefühl in mir frei, das seit Jahren so tief in mir verankert ist und ich eine Welt ohne nicht mehr kenne. Angst.

Ich habe Angst, zurück in ihre Welt zu kehren. Nicht, dass Alejandro netter gewesen wäre, jetzt, wo ich die Wahrheit kenne und all die Momente in einem anderen Licht sehen kann. Aber bei ihm war ich abgeschottet, alleine und hatte nicht die Augen der Welt auf mich gerichtet. Ich will nicht zurück in das Leben voller Erwartungen, voller Lügen und Verzicht. Aber habe ich eine Wahl?

»Ungesehen schmuggeln sie Huren ins weiße Haus, aber wenn es wirklich wichtig ist…«, kommt es von Darren neben mir, seine Anklage im Ton hörbar und ich nicke ihm gedankenlos zu.

»Hey, keine Angst. Wir werden in einen Hangar fahren, bevor wir aussteigen. Du wirst deine Eltern nicht vor aller Welt das erste Mal wiedersehen.«

»Das ist es nicht«, wispere ich zurück, woraufhin er sich zu mir dreht und meine Hand greift.

»Du kannst mit mir reden, Victoria.«

»Vikki«, korrigiere ich ihn, will, dass er mich beim Spitznamen nennt, der mich von der nahenden Realität meines zukünftigen Leben trennt.

»Vikki«, testet er ihn auf seiner Zunge und es hört sich schön aus seinem Mund an. Vertraut.

»Ich weiß nicht, ob ich zurück will«, gestehe ich, hebe

meinen Blick und schaue ihn an, in der Hoffnung, dass er mir meine Verzweiflung nehmen kann.

»Willst du deine Eltern nicht wiedersehen?«

»Nein … Ja, doch ich möchte sie sehen, es ist nur … Ich möchte nicht in mein altes Leben … Es fühlt sich nicht gut an«, stammel ich heraus, versinke dabei in seinen braunen Iriden und suche sein Verständnis darin. Seine Brauen ziehen sich nachdenklich zusammen, reimen sich womöglich den Rest dazu, ehe sie sich wieder legen und sein Ausdruck sanft wird.

»Du bist jetzt eine erwachsene Frau, Vikki. Du bestimmst über dein Leben, niemand sonst. Und wenn du etwas nicht willst, dann lässt du es sein«, antwortet er unbekümmert, als wäre es das leichteste der Welt, für ihn ist es wie einen Apfel im Supermarkt aussuchen. Nur habe ich das nie, unsere Angestellten im Haus haben alles besorgt, was mein Herz begehrt hat und was meine Mutter für richtig hielt. Noch nie in meinem Dasein auf dieser Erde habe ich etwas selbst bestimmt, für mich entschieden, die Möglichkeit gehabt etwas zu wollen und es tatsächlich zu bekommen.

»Ich habe keine Ahnung wie man das macht«, seufze ich geschlagen, senke beschämt meine Lider und spüre wie Tränen über meine Wangen rollen. Darrens Finger schlingen sich um mein Kinn, heben meinen Kopf in seine Richtung und er kann die Tropfen, die mit meiner nicht existierenden Lebenserfahrung gefüllt sind, sehen. In den Tiefen seiner braunen Pupillen erkenne ich das Mitleid gepaart mit einem Entschluss, der mir den Atem raubt und mich neidisch auf seine Stärke macht.

»Ich bin da, wenn du mich brauchst. Ich habe es dir in Sierra Leone gesagt und ich tue es wieder. Immer, Vikki … Immer!«, sagt er eindringlich, legt seine Stirn an meine und für einen kurzen Moment fühle ich mich zurückversetzt an den Rand der Straße, mitten im Dschungel, als wir unser Band fester besiegelt haben. Er löst unsere Berührung, dann spüre ich seine Lippen auf der Stelle, die seinen Kopf gerade noch mit meinem verbunden hat, ehe er seine Arme um mich schlingt und mich fest umarmt. Mich hält.

Ich puste meinen Atem seiner Brust entgegen, lasse mit ihr einen Teil meiner Angst entweichen und als ich meine Lunge mit neuem Sauerstoff, Hoffnung und ihm fülle, steigt mir eine unangenehme Note in die Nase.

»Ich möchte diesen Moment wirklich nicht zerstören«, beginne ich und drücke mich von seinem Körper weg. »Aber du brauchst eine Dusche. Du stinkst.« Darren verzieht seine Nase, nachdem er an seinem T- Shirt gerochen hat und gemeinsam brechen wir in Gelächter aus.

»Erinner mich daran, die Kleidung zu verbrennen, da hilft kein Waschen mehr«, gibt er scherzhaft von sich, steht auf, geht an mir vorbei und verschwindet in die hintere Kabine, wo sich ein Bad mit einer Dusche befindet. Ich lehne mich in meinem Sitz zurück, werde von der Erschöpfung und dem Schlafmangel überrollt und sinke augenblicklich ins tiefe, dunkle Nichts hinter meinen geschlossenen Augen.

Darren

»But it's the torture who rise. Uncover your eyes, see what's outside«

- Loveless

Vor dem Landeanflug ist der Copilot aus dem Cockpit gekommen und hat alle Fenster verdunkelt. Auf meinen fragenden Blick, was das soll, hat er nur, Reporter, geantwortet und mir war klar, dass kein zufälliger Schnappschuss von uns durch die Fenster an die Öffentlichkeit geraten soll. Oder besser: kein Foto von ihr, Victoria, ungehindert durch die Medien und auf allen Bildschirmen zu sehen sein soll. Die Landung war sanft, spürbar, aber dennoch war das Rollen ins Ungewisse nervenaufreibender. Ihre Hand krallt sich seit wir gehalten haben in meine, zerquetscht sie förmlich und dennoch bitte ich sie nicht locker zu lassen.

Unser Gespräch vorhin hat mir deutlich das verlorene Kind gezeigt, das sie innerlich ist.

Ihre Verzweiflung strömte aus jeder Pore, legte sich auf meine Haut und sickerte in meinen eigenen Verstand. Man vergisst schnell, wie gebrochen ihre Seele sein muss, wenn man Zeit mit ihr verbringt. Wenn man die Umstände ihres Lebens nicht selbst erlebt hat und sie von sich schieben kann. Als Senatoren Tochter schon mit goldenem Löffel im Mund geboren und aus diversen gemunkelten Gerüchten, weiß ich, dass nicht alles Gold glänzt. Söhne müssen in die Fußstapfen ihrer Väter steigen, ihre Imperien fortführen und sich in der

Gesellschaft behaupten. Töchter müssen vorzeigbar sein. Intelligente, unterwürfige, perfekte Debütantinnen, die schon im Kindesalter an den richtigen Partner verschachert werden, um deren Status zu erhöhen oder mächtige Familien durch eine Hochzeit zu vereinen. Ihre Aussagen, dass sie nicht weiß, wie man das macht, wie man selbst bestimmt, hatte so viel mehr Gewicht im Angesicht dieser Tatsachen. Ihr ungewollter Reality Check, den sie mich unterzogen hat, lässt die Räder in meinem Kopf nicht anhalten.

Vorstellungen ihrer Kindheit bei ihren Eltern wandern durch meinen Schädel. Horrorszenarien von einer weinenden blonden, grünäugigen Victoria, die verzweifelt nach der Anerkennung ihrer Eltern lechzt und sie dennoch nicht bekommt, manifestieren sich. Gefolgt von den traumatischen Bildern ihrer Entführung und dank der letzten fünf Jahre, habe ich eine gute Vorstellung, was in der Zeit mit ihr passiert ist. Und um das ganze zu toppen, setzt meine Erinnerung ein, wie Martínez sie auf seinem Anwesen erniedrigt hat und ich kann kaum glauben, dass sie trotzdem noch steht. Was mir nur wieder beweist, wie stark sie ist, was für eine Kämpferin an meiner Hand klammert und selbst nicht erkennt, was in ihr steckt. Am liebsten würde ich sie in den Arm nehmen, sie an meiner Seite halten und ihr so die Angst vor der Zukunft nehmen, die sie nicht sehen kann.

Sie sieht nur ihre Vergangenheit, sieht nur, was sie erlebt hat und nicht, was wie überlebt hat. Das Schlimmste liegt hinter ihr, jetzt muss sie anfangen, ihre Träume und Wünsche zu erfüllen. Und das alleine, ohne Zuspruch, ohne dass ihr jemand sagt, was sie zu träumen hat, was sie sich wünschen kann und das muss sie alleine erreichen. Ich kann ihr zur Seite stehen, sie bestärken, ihr zeigen, dass wenn sie stolpert jemand da ist, der den Fall aufhält, aber Fliegen muss sie alleine.

Gemeinsam sind wir den Gang entlang geschritten, stehen kurz vor der offenen Tür, durch die die beiden Piloten schon gestiegen sind und wir dahinter unser Leben finden werden. Ich drehe mich zu ihr um, schaue in die grünen Augen, die ihre Angst so intensiv spiegeln. Ich gebe meinem Bedürfnis nach, sie zu halten, schließe sie in meine Arme und ihr Kopf ruht an meiner Brust.

»Versprich mir, dass du lebst, Vikki. Greif nach deinen Träumen und lass dich von niemandem aufhalten. Und solltest du jemals Unterstützung brauchen, bin ich nur einen Anruf entfernt«, murmel ich in ihr Haar, drücke sie fester an mich, als könnte die Stärke, mit der ich sie halte, beeinflussen, wie tief sie meine Worte verinnerlicht.

»Ich habe deine Nummer nicht«, flüstert sie und ein amüsierter Laut erklingt in meiner Brust.

»Ich auch nicht«, gestehe ich ihr, aber das ist eine Kleinigkeit, eine Nichtigkeit in dem Ziel, das ich von ihr verlange.

»Versprich es mir.«

»Ich verspreche es.«

Noch einen kurzen Moment halte ich sie, bis wir uns voneinander lösen, ich ihr ein letztes Mal meine Hand hinhalte und wir gemeinsam zur Tür und die Treppe hinuntergehen. Sobald mein Fuß die unterste Stufe verlassen hat und Beton unter sich hat, werde ich von mehreren Armen attackiert. Sie schlingen sich um mich, drücken mich fest, dass mir die Luft wegbleibt und ich vernehme die Stimme meiner Mutter, die weinend meinen Namen wimmert. Meine Hand wird aus Victorias gerissen, ohne dass ich es will, und als mein suchender Blick sie findet, sehe ich, wie auch sie in den Armen ihrer Familie liegt, ihre Augen auf mich gerichtet. Ich schenke ihr ein aufmunterndes Lächeln, forme mit meinen Lippen die Wörter, willkommen zuhause und lenke meinen Fokus auf meine eigene Familie, die ich so lange nicht gesehen habe und endlich in meine Arme schließen kann.

Minuten lang presse ich meine Familie an mich, sauge den vertrauten Duft, den ich so lange vermisst habe, in meine Lunge und kann meinen Geist endlich entspannen. Meine Muskeln lassen locker, meine Augen schließen sich, da sie auf keine Gefahr achten müssen und die ständige Elektrizität, die mich täglich auf Hochspannung gehalten hat, entlädt sich von mir und plötzlich ist mein Körper schwerer als er jemals war.

»Sir, die Pressekonferenz ist für heute Abend angesetzt, der Fotograf ist engagiert und wird fantastische Bilder machen, spätestens morgen Früh werden alle Medien von der verlorenen Tochter berichten, die endlich nach Hause gekommen ist. Ihre Gegner können einpacken, wenn ihr Sieg bis jetzt noch nicht sicher war, kann ich ihnen garantieren, dass ab morgen jeder sein Kreuz bei ihrem Kästchen machen wird«, erklingt die Stimme einer Frau laut in der Halle, hallt von den Alu Wänden wieder und informiert jeden über die ihrer Meinung nach, wundervollen News. Zorn, flüssig wie Lava, brennt durch meine Venen, entflammt und ein Knurren entfährt mir. Ich löse meine Arme, drehe mich in die Richtung der Stimme und sehe, wie eine schwarzhaarige, perfekt gestylte Frau auf die Familie Brown zugeht.

Victorias Vater hat den Arm halb um seine Tochter, halb um seine Frau gelegt, die wiederum ihr Kind umklammert und ungehalten an ihrer Schulter weint. Sein Ausdruck ist stoisch und nur seine Augen, die vor Tränen schwimmen, verraten, dass ihn der Anblick seiner Tochter berührt. Meine Aufmerksamkeit legt sich auf Victoria, die ihre Mutter mehr aufrechterhält als sie wirklich zu umarmen, der Ausdruck in ihrem Gesicht fassungslos.

»Wann können wir los? Das Styling-Team wartet schon«, spricht die Schwarzhaarige weiter, schaut auf ihre Armbanduhr und erklärt somit unmissverständlich, dass sie es eilig hat.

»Kann das nicht warten, Geraldine?«, bittet Tiffany Brown mit erstickter Stimme, konnte sich von ihrer Tochter losreißen und funkelt den Störenfried ihrer Zusammenkunft an.

»Ihr Mann befindet sich mitten in seiner Wahlkampagne, PR ist das A und O, wir müssen so schnell wie möglich alles in die richtige Richtung lenken. Sie stehen in der Öffentlichkeit und die Leute wollen was sehen«, antwortet sie, als wäre es das Selbstverständlichste der Welt, unbeeindruckt von den Emotionen, die ihr entgegen prallen.

»Geben Sie uns noch zehn Minuten«, beschließt Jonathan

Brown, beendet das Duell zwischen seiner Frau und der anscheinenden PR-Tante und entscheidet über die Gefühle seiner Familie. Meine Augen fahren augenblicklich zu ihr, Vikki und was ich sehe, schürt das Feuer in mir an. Sie hat die Augen geschlossen, die Schultern hängen und die Enttäuschung umgibt sie wie eine helle Aura. Ich möchte eingreifen, für ihre Bedürfnisse kämpfen und nicht zulassen, dass sie wie ein Tier zur Schau gestellt wird. Nur überrascht sie mich eine Sekunde später, indem sie ihre Schultern strafft, die Augen mit einem stählernen Ausdruck öffnet und ich den Kampfgeist in ihr sehe.

»Nein«, sagt sie mit fester Stimme und alle Köpfe drehen sich zu ihr.

»N-nein?«, stottert Geraldine fassungslos und schaut Jonathan hilfesuchend an.

»Nein. Ich werde nicht vor die Kameras treten«, kommt es klar, deutlich und mit Nachdruck von ihr.

»Jonathan?«

»Victoria, ich weiß, das ist etwas viel, aber es ist wichtig, dass du dich zeigst, dass wir uns als Familie zeigen«, versucht er seine Tochter zu überreden, dabei hat er einen Ton aufgelegt, der klar macht, dass sie eigentlich keine Wahl hat.

»Sind wir das?«, stellt sie ihm die Gegenfrage und sein Gesicht entgleitet ihm völlig, was mir ein Grinsen verpasst. Kämpf für dich.

»Natürlich, Victoria. Wir haben überall nach dir gesucht und als wir dich nicht gefunden haben, keine Lösegeldforderungen kamen, haben wir angenommen, dass du … Das man dich von uns genommen hat und du nie wieder zurückkehren wirst. Aber man hat unsere Gebete erhört und du bist zurück. Unsere Familie ist wieder ganz«, beginnt ihre Mutter, bricht wieder in Tränen aus und umklammert die Hand ihrer Tochter.

»Ich möchte erst schlafen, ich bin so müde und danach können wir uns in Ruhe über alles unterhalten. Aber jetzt … Jetzt möchte ich nur ein heißes Bad und ein Bett, ist das zu viel verlangt? Darf ich nicht erst ankommen.« Nach Victorias Ansprache haben alle den Anstand beschämt ihre Köpfe hängen zu lassen, nur ich schaue sie stolz und mit erhobenem Haupt an.

»Natürlich«, murmelt ihre Mutter, straft ihren Mann mit einem Blick und lenkt ihre Tochter zur wartenden Limousine. Sie wendet sich um, unsere Blicke treffen aufeinander und stumm verabschieden wir uns voneinander, ehe sie einsteigt und hinter den verdunkelten Fenstern verschwindet.

»Armes Kind«, flüstert meine Mutter neben mir und gedanklich gebe ich kontra. Nein, sie hat das beste Werkzeug, um ihr Leben zu bereichern. Sie ist eine Kämpferin.

Victoria

3 Monate - 19 Tage

Tuuut, tut … Tuuut, tut … Tu… klick.
»Hi.«

»Hey«, antworte ich genauso leise. Es ist mitten in der Nacht, eigentlich Zeit zu schlafen, und dennoch rufe ich diese Nummer jede Nacht an, seitdem ich sie habe.

»Wie war dein Tag?«

»Wie immer«, antworte ich und ernte ein tiefes Kichern.

»Keine Gala oder ein exzessives Shopping?«, kommt es vor Sarkasmus triefend aus dem Hörer. Er spielt damit auf den Versuch meiner Mutter an, eine Bindung zu mir zu finden und ihre aberwitzige Vorstellung, diese zu erlangen. Anscheinend denkt sie, dass, wenn wir schöne Kleider kaufen gehen, diese bei einem der vielen Feste, auf das sie jede Woche geht, wir eine Gemeinsamkeit finden, die uns magisch zusammenschweißt.

»Nein, nur der pompöse Pool und ein gutes Buch.« Stille, aber nicht die unangenehme Sorte, sondern die, die einem sagt, dass dein Gegenüber dich versteht.

»Wie war deiner?«, flüstere ich ihm und der Dunkelheit entgegen.

»Laut und gleichzeitig leise«, seufzt er mir entgegen und ich kann verstehen, was er damit meint. Alles ist so verdammt laut um uns herum, so viel los und dennoch können sie die Stille in uns drinnen nicht übertönen.

»Familie?«

»Wie jede Woche ein Essen mit allen. Sie stellen mir so viele Fragen: Wie es mir geht, was ich so mache, ob ich etwas brauche. Ich will nicht undankbar klingen … Aber…«

»Aber sie sollen alle still sein? Die Welt soll anhalten und uns Zeit zum Atmen geben, anstatt uns in ihr zu ersticken?«, führe ich seinen Gedanken weiter und fühle jedes Wort tief in mir drin. Die Wahrheit auszusprechen ist gleichzeitig befreiend wie erstickend und Tränen füllen meine Augen.

»Ja«, höre ich seine erstickte Stimme, meine Aussage bestätigen und wir beide holen hörbar tief Luft.

»Wann hört das auf?«, frage ich ihn verzweifelt, will eine Lösung für das Problem haben.

»Ich weiß es nicht, aber wenn du die Antwort hast … Ruf mich an. Gute Nacht, Vikki.«

»Gute Nacht, Darren.«

Darren

»I gotta admit that I'm living the life that I've always wanted, but it comes at a cost« - Falling in Reverse

Sechs Monate, acht Tage und drei Stunden bin ich wieder auf amerikanischem Boden und dennoch fühle ich mich nicht, als wäre ich zuhause. Ich bin ein Fremder in einer bekannten Umgebung. Es ist etwas erträglicher seit ich mein eigenes kleines Haus habe und dennoch ist meine Mutter täglich da, um mir ihr selbst gekochtes Essen zu bringen. Ich bin ihr dankbar und weiß, dass sie einfach Angst hat, dass ich eines Tages wieder weg bin. Nur versteht sie nicht, dass es nicht leicht ist, mit den Geistern der Vergangenheit auszukommen.

Jeden Tag erwische ich mich dabei, wie mein Alter Ego seinen Weg an die Oberfläche sucht und wie selbstverständlich, wie vertraut er sich anfühlt. Im Supermarkt möchte ich die Hand packen, die nach der letzten Cerealien-Packung gegriffen hat und dem Besitzer sein Griffel zerquetschen, da er es gewagt hat, sich das zu nehmen, was mein sein sollte. Rast ein Auto an mir vorbei, greife ich an meinen leeren Hosenbund, in dem keine Waffe steckt und niemand um mich herum greift mich an. Und wenn ich beim wöchentlichen Familienessen sitze, kann ich nicht anders und sondiere die vertraute Umgebung nach versteckten Gefahren. Mein Geist weiß wo er ist, meine Logik sagt mir immer wieder, wo ich mich befinde, und dass ich in Sicherheit bin. Aber mein Unterbewusstsein hat das nicht verinnerlicht.

Ich kann erst richtig abschalten, endlich schlafen, wenn ich mit ihr telefoniert habe. Victoria. Wenn wir uns gegenseitig alle unsere Ängste verraten haben, oder stumm dem Atem des anderen lauschen. Sie versteht mich, ich verstehe sie, wir verstehen uns.

Ihre Eltern machen immer mehr Druck. Auch wenn ihr Vater, ohne dass sie sich der Öffentlichkeit präsentieren musste, zum Präsidenten gewählt worden ist. Verlangt er mehr und mehr, dass es an der Zeit ist, diese zu informieren. Sie hat mir erzählt, wie man sie durch die unterirdischen Tunnel in das White House gebracht hat und wie sie nun schon vier Wochen in ihrem Zimmer ausharrt, aus Angst, von den vielen Touristen oder Staatsbesuchern gesehen zu werden.

Mein Telefon klingelt und als ich auf den Bildschirm schaue, kann ich das Lächeln nicht verhindern. Ich habe einmal zu viel an dich gedacht.

»Das nenne ich Gedankenübertragung«, begrüße ich sie und kann das Grinsen nicht aus meiner Stimme halten.

»Wenn wir diese Welt nicht ertragen, warum schaffen wir nicht unsere eigene?«, kommt es darauf hin von ihr, und wischt damit die Heiterkeit aus meinem Gesicht. Ich spüre, dass dieses Gespräch meine volle Konzentration fordern wird, was mich dazu bringt, meinen Platz an der Tafel zu verlassen und einige Schritte Abstand zu meiner Familie zu nehmen. Die Besorgnis im Gesicht meiner Mutter ignoriere ich, kann mich damit nicht befassen und wende meinen Blick aus dem Fenster in den mit Schnee bedeckten Garten.

»Vikki…«

»Bitte Darren. Sechs, sechs verdammte Monate und ich will immer noch nicht hier sein. Ich habe es versucht, aber ihre Welt ist nicht meine, das ist nicht das Leben, das ich will.«

»Worum bittest du mich genau?«

»Ich habe mir einen Plan überlegt.«

»Der da wäre?«

»Ich mische mich unter die Touristen, keiner kennt mich und so spaziere ich aus dem Haus. Du wartest am Tor und nimmst mich mit zu dir«, spricht sie hektisch, überzeugt, dass dieser Plan funktioniert und ich muss zugeben, dass es durchaus machbar ist, aber nicht gesund.

»Vikki…«, beginne ich, werde aber von ihr unterbrochen.

»Bitte, Darren! Ich habe heute meinen neuen Pass bekommen und … und mein Name steht da drin.« Ah, langsam kommen wir zu dem wahren Grund, warum sie abhauen will.

»Das haben Pässe so an sich.«

»Da steht Victoria Brown, aber das ist nicht mein Name«, flüstert sie, ganz so, als hätte sie Angst, jemand könnte sie hören, außer ich. Die Information muss ich verarbeiten, ziehe meine Augenbrauen zusammen und versuche den tieferen Sinn zu finden, denn bei Victoria gibt es immer einen. Ich bin ihr zu lange in Gedanken und ich höre ein genervtes, verzweifeltes Aufstöhnen, ehe mich ihre melodische Stimme erleuchtet.

»Es müsste Martínez als Nachname stehen.«

»Willst du das wirklich?«

»Ja, ich meine Nein, aber als ich das gesagt habe … Mein Vater ist laut geworden, hat geschrien, dass dieser Name in seinem Haus nie wieder genannt werden darf und das Thema damit beendet. Es ist, als hätte es die Zeit nicht gegeben, genauso wie es mich hier nicht gibt.« Ich kann mir nicht vorstellen, wie es sich anfühlen muss, über ein Jahrzehnt belogen zu werden, in der Hand von Menschen zu sein, die einen nur benutzen und dann endlich nach Hause zu kommen und die Jahre werden unter den Tisch gekehrt. Ich kenne Victoria, seit sechs Monaten telefonieren wir täglich und ich verstehe, warum sie so bestürzt über die Tatsache ist, dass ein offizielles Dokument sie so aus der Bahn bringt. Es ist nicht der Name, auch nicht, dass sie es bekommen hat, es ist schlichtweg der Umstand, dass sie nicht gefragt worden ist. Sie konnte nicht entscheiden, wie so vieles wurde ihr auch das wieder abgenommen und es ist der letzte Tropfen auf der vollen Oberfläche des stillen tiefen Sees in ihr.

Und es reicht.

Wenn es um das Thema keine Öffentlichkeit geht, kann sie ihre Frau stehen, wenn es aber um ihre tieferen Bedürfnisse geht, knickt sie ein und erzählt lieber mir davon, als die Probleme anders anzugehen. Ich habe mir geschworen, mich nicht einzumischen, nicht für sie zu entscheiden, aber es ist klar, dass sie jemanden an ihrer Seite braucht. Jemanden, der sie, ihre Lage, das Erlebte versteht und ihren Rücken stärkt. Allerdings muss auch ich mich dafür sortieren, einen Plan zurechtlegen, wie ich das ganze angehen will, muss, um nicht selbst den Kopf zu verlieren.

»Was hältst du von einem Besuch?«, schlage ich ihr vor, lenke sie erstmal von dem Ausbruch versuch ab.

»Was soll das bringen?«

»Du musst mal raus, Vikki. Du hängst seit Monaten nur im Haus. Ich werde dich besuchen, gemeinsam können wir dann mit deinen Eltern sprechen, ob ich dich mitnehmen kann für einen Urlaub. Was definitiv die bessere Entscheidung ist, sonst denken sie nur du wurdest wieder entführt und machen mich zum Staatsfeind Nummer eins. Betrachte es auch von ihrer Perspektive.«

»Manchmal kann ich dich wirklich nicht leiden«, gibt sich bockig von sich und ich kann ihren Gesichtsausdruck förmlich sehen, was mich schmunzeln lässt.

»Kündige mich an, sende mir Schriftstücke, Verschwiegenheitserklärungen oder was auch immer ich ausfüllen muss, um an die Prinzessin von Amerika zu gelangen und dann sehen wir uns in ein paar Tagen.«

»Du kommst wirklich?«

»Rapunzel muss aus ihrem Turm heraus.«

Victoria

6 Monate - 23 Tage

Nervöse Aufregung hält meinen Körper seit heute Morgen gefangen und sorgt dafür, dass ich ruhelos Bahnen in den weichen Teppich unter mir ziehe. Das Telefon in meiner Hand vibriert, zeigt den Text, der mir verrät, dass er geparkt hat und endlich angekommen ist. Scheiß drauf, schießt es mir durch den Kopf und ich öffne die Tür, die unseren Wohnbereich von dem offiziellen Teil des Hauses trennt. Ich eile durch den Flur, achte darauf, nicht zu rennen und trotzdem fliegen meine Füße über den Boden. Kurz bevor ich das Ende des Flures erreiche, ziehe ich an drei Männern vorbei, die von einem der vielen Angestellten begleitet werden.

»Victoria?«, kommt es fragend von einem und ich versteinere auf der Stelle. Ängstliche Neugier veranlasst mich, meinen Körper in die Richtung der Stimme zu drehen und ich begegne wachen Augen, die mich mustern.

»Wer fragt?«, begegne ich den Männern, bemüht keine Emotion zu zeigen und es ist erschreckend, wie schnell die Maske mein Gesicht überzieht. Eines der wenigen Dinge, die ich als gut bezeichnen würde, die ich in meiner Zeit mit Alejandro gelernt habe.

»Niemand, aber ich habe was für dich«, spricht die Stimme

erneut und ich betrachte ihren Besitzer. Groß, muskulös, ohne bullig zu wirken, scharfe Gesichtszüge und wache Augen, die mich ebenfalls mustern. Er greift in seine Tasche, zieht einen Gegenstand hervor und hält ihn mir entgegen. Ich ziehe meine Augenbrauen zusammen, nehme es ihm aus der Hand und erkenne ein gefaltetes Stück Papier.

»Ich soll ausrichten, dass die Kinder sehr traurig waren, kein Bild von den Affen bekommen zu haben … Schönen Tag noch, Victoria Martínez«, verabschiedet er sich, dreht sich um und gemeinsam gehen sie den Gang hinunter zum Büro meines Vaters.

Mit flinken Fingern entfalte ich das Blatt, brauche die Bestätigung meiner Vermutung und dennoch haut mich die Nachricht darauf um.

917 555 324

Ruf mich an.

Amelia.

Natürlich habe ich mich gefragt, was aus den beiden geworden ist, ob sie entkommen konnten und wie es ihnen geht. Aber jede Suche nach ihrer Klinik war vergebens und mein Telefon, in dem sich ihre Nummer befand, ist mit dem Anwesen in Flammen aufgegangen. Ich drücke ihre Nummer an meine Brust, lasse das Gewicht, das mir diese Nachricht bedeutet, auf mein Herz sinken und fühle, wie ein kleiner Teil mehr Freiheit in mich fährt. Wir haben nur eine kurze Zeit zusammen verbracht, aber in den paar Tagen haben wir uns angefreundet, eine Freundschaft entwickelt, die anscheinend mehr Wege findet zu bestehen, als dass sie in Vergangenheit geraten könnte.

Die Tür in meinem Rücken wird geöffnet, lautes Gemurmel der Menschenmenge dahinter trifft auf meine Ohren, ehe eine ganz bestimmte Stimme hervortritt.

»Victoria?« Ich drehe mich zu Darren um, grinse ihn breit an und überbrücke den Meter zwischen uns. Ich springe in seine Arme, drücke ihn fest an mich und präge mir seinen Geruch ein. Etwas überrumpelt tritt er einen Schritt nach hinten, bis er seine Balance findet und seine Arme um mich schließt. Das Geräusch, wie auch er tief einatmet, bringt die Haare in meinem Nacken zum Stehen und wir bleiben eine ganze Weile in unserer Umarmung gefangen.

»Ich habe dich vermisst«, murmel ich mit Tränen erstickter Stimme in seinen Nacken, drücke ihn noch fester an mich, überwältigt von all den Gefühlen, die gerade durch meinen Körper rauschen und chaotisch hin und her irren.

»Ich dich auch«, erwidert er, und auch in seiner Tonlage höre ich die Emotionen unserer Begegnung.

Widerwillig löse ich meine Arme um seinen Hals, spüre, wie er seine lockert, nur um eine Sekunde später seine Hände um mein Gesicht zu legen und mich intensiv zu mustern. Seine braunen Augen studieren meine und ich lasse mein Inneres in sie hinein. Gewähre ihm einen Blick hinter meine Maske, lege alles offen was ich so gut vor meiner Familie verstecke und nur ihn sehen lasse.

Die Verzweiflung, die ich oft in diesen Wänden verspüre,

weil mich keiner versteht. Meine Wut auf mich selbst, dass ich es nicht schaffe auszubrechen und die Einsamkeit, die ich unter all den Menschen, die mich umgeben, verspüre. In seinen kann ich dasselbe sehen und so viel mehr. Auch er ist einsam, auch er sehnt sich nach etwas, das wir nicht greifen können, so verzweifelt wir es auch wollen und nur gemeinsam verstehen wir einander.

»Jetzt bin ich da«, flüstert er und die Worte bedeuten so viel mehr als sie aussagen. Wärme füllt meine Brust, breitet sich über meinen Körper aus und es kehrt Ruhe ein. Stille in meinen sonst so rasanten Geist und nach Monaten, nein, Jahren habe ich endlich das Gefühl angekommen zu sein. Es ist kein Ort den ich brauche, keine Mauern aus Stein, die einem Heimat suggerieren, es ist seine Seele, die ich zuhause nennen kann und endlich sind sie wieder vereint. Schlagen im Einklang des anderen, lechzen an der gegenseitigen Essens und stärken einander. So wie es nur dein Seelenzwilling kann.

»Meine Tasche ist gepackt«, unterbreche ich unseren stillen Moment, sehe wie seine Pupillen sich wieder auf mich fixieren und nicht mehr auf mein Inneres.

»Erst die Arbeit, dann das Vergnügen«, widerspricht er mir, dass wir nicht sofort los können und erst das Essen, auf das meine Eltern bestanden haben, hinter uns bringen müssen. Es ist Teil unseres Deals, ich darf den Frühling, die nächsten sechs Monate, mit Darren und seiner Familie in Colorado verbringen, dafür bekommen sie ihren Willen und dürfen mich der Öffentlichkeit präsentieren. Meine Existenz der Welt präsentieren und meine Geschichte, einen winzigen Teil der Wahrheit und ihre Geschehnisse verraten.

»Komm«, sage ich und greife eine seiner Hände, die noch mein Gesicht gefangen halten, ziehe ihn eilig mit mir in den Wohnbereich und hoffe, dass meine Eltern schon da sind. Wobei ich vermute, dass mein Vater noch etwas aufgehalten wird, von den Männern, die mir im Flur begegnet sind und mir eine Nachricht gegeben haben, die ich wie einen kostbaren Besitz wieder gefaltet, und in meine Hosentasche gesteckt habe.

Darren

»I need to make sure you know. That you are the only one I'll ever love« - American Avenue, Loveless

Leichter. Anders kann ich meinen derzeitigen Zustand nicht benennen. Die letzten zwei Monate mit ihr haben mehr als nur eine Last von meinen Schultern genommen.

Auf der Straße nimmt sie unauffällig meine Hand, wenn sie bemerkt, wie sie zuckt und nach einem nicht vorhandenen Gegenstand greifen will. Sie lenkt meine Aufmerksamkeit auf etwas anderes, um mich, meinen Verstand, zu ihr zu holen und mich von der Dunkelheit abzulenken. Schnappt mir im Supermarkt jemand etwas vor der Nase weg, konfrontiert sie denjenigen mit ihrer natürlich freundlichen Art und regelt es, wie es normale Menschen machen. Mit Worten.

Im Gegenzug ist sie die Bestimmerin. Wir unternehmen nur das, was sie möchte. Sie entscheidet, ob und wann wir einkaufen gehen. Womit wir unsere Tage füllen und ich sehe, wie sie immer mehr aufblüht.

Ihre Maske, dieser nichtssagende Ausdruck auf ihrem Gesicht, taucht nur noch selten auf und das meistens beim wöchentlichen Familienessen. Wenn viele Unbekannte zusammentreffen und sie nicht weiß, was sie davon halten soll, aber auch die fallen ihr immer leichter. Sonst hat sie einen permanenten Ausdruck, den ich Glückseligkeit nennen würde, auf ihrem Gesicht. Immer ein leichtes Lächeln auf den Lippen, einen Glanz in ihren Augen, der die Neugier auf jeden Moment spiegelt und ihr Körper vibriert förmlich vor Tatendrang. Und ich verliere mich mehr und mehr in ihr. Sehne mich morgens nach dem Moment, wenn ihre Augen das erste Mal auf mich fallen und meinen Anblick trinken. Ersehne jeden Tag eine Berührung von ihr, die meine Haut zum Kribbeln bringt und mich elektrisiert.

Ich stehe in der Küche meines Hauses, schaue aus dem Fenster auf die weiten Felder, die sich dahinter erstrecken und sehe, wie der Frühling sich mit voller Kraft entfaltet. Gänsehaut legt sich über meinen Körper, als ich einen Blick auf mir spüre und ich drehe mich zur Quelle. Meine Tasse verharrt auf ihrem Weg zu meinem Mund, der plötzlich staubtrocken wird, als ich auf grüne Augen treffe, die meine nackte Brust hinaufwandern und eine gierige Zunge über ihre süßen Lippen wandert. Shit, der Anblick erwärmt mein Blut und lässt es in meinen Schwanz wandern, der sich freudig aufstellt und ich mich abwenden muss, wenn ich nicht will, dass sie meine Reaktion bemerkt. Aber ich bin gefangen, kann mich nicht rühren, werde von ihr festgehalten und lasse meine Augen über jeden Zentimeter Haut, der von ihrem langen Schlafshirt nicht bedeckt wird, wandern.

Ich beiße mir in meine Unterlippe, um den Drang sie zu mir zu holen, sie vor mir auf der Theke zu platzieren und in die zarte pralle Haut ihrer Schenkel zu beißen zu unterdrücken. Meine Willenskraft, meine Finger bei mir zu behalten, bröckelt, als sie auf mich zukommt. Ihre Hände auf meiner Brust wandern, hoch zu meinem Nacken gleiten und sie mich zu sich zieht. Unsere Lippen treffen aufeinander, zaghaft, leicht wie eine Feder, fragen sie, flehen sie um Bestätigung und ich gebe nach. Meine Tasse fällt samt Inhalt auf den Boden, meine Finger schließen sich um ihre schlanke Hüfte und ziehen sie an mich, während mein Mund sich auf ihren drückt. Wir krallen uns aneinander, verschlingen uns und verschmelzen. Unsere Herzen klopfen im selben Takt, unsere Atmung im Einklang und die Leidenschaft hält uns gefangen. Nach Atem ringend lassen wir voneinander ab, halten unsere Münder nur soweit auseinander, dass sich unsere Augen begegnen können und schauen neugierig, was dieser Kuss zwischen uns geändert haben könnte. Aber keiner von uns findet Widerstand, stattdessen fühlen wir wie die Knoten fester werden, das Band zwischen uns einem Tau gleicht, das niemand zerreißen kann.

»Glaub ja nicht, dass ich dich jetzt noch gehen lasse«, entgegne ich ihr atemlos und spreche meinen ersten Gedanken aus. Soll der Frühling doch enden und der Sommer einziehen, sie geht nirgendwo hin, sie gehört an meine Seite.

»Wer sagt, dass ich gehen will?«, antwortet sie mir keck, ein leichtes Grinsen auf den Lippen und ich hebe sie an ihrem Hintern hoch, um sie auf der Platte vor mir zu platzieren.

Mein Mund findet wieder ihren, meine Hände wandern unter das hochgerutschte Shirt und ziehen es ihr gänzlich aus. Ich lasse von ihr ab, betrachte ihre nackte Schönheit, die vom Licht, das hinter ihr vom Fenster einfällt, in warmes Gelb getaucht wird. Unsicherheit huscht über ihr Gesicht, ein kleiner Funke, den ich auslösche, in dem auch ich meine Hose fallen lasse und mich genauso verletzlich wie sie zeige. Meine Hände wandern wieder unter ihren Po, heben sie auf meine Hüften, die sie mit ihren Beinen umschlingt und ich trage sie aus der Küche in mein Schlafzimmer. So gerne ich auch meine Fantasie, ihre Süße auf der Küchentheke zu schmecken, verwirklichen will, so will ich ihr und ihrem Körper huldigen und das in meinem Bett.

Sanft lege ich sie auf den Lacken ab, bedecke ihren Körper mit meinem und lege alles, was ich für sie fühle in den Kuss. Lasse all meine Dankbarkeit, meine Sehnsucht, meine Gier in den Kuss fließen und begegne dem gleichen Gefühl. Rhythmisch lasse ich mein Becken über ihres gleiten, spüre ihre feuchte Wärme an meinem Schaft und stöhne, als sie den Druck erhöht und mir entgegenkommt. Meine Lippen verlassen ihre, platzieren federleichte Küsse über ihr Gesicht, ihr Schlüsselbein ihren Brüsten, die ich abwechselnd in meinen Mund sauge und mit süßem Wimmern belohnt werde. Eine Hand lege ich neben ihrem Kopf ab, stemme mich hoch, gleite mit der anderen an ihrem Körper entlang und gelange zu der Stelle, an der wir uns berühren. Meine Augen fixiert auf ihre, greife ich nach meinem Schwanz, fahre damit durch ihre Spalte und finde die feuchte Mitte. Schmerzhaft langsam dringe ich in sie ein, werde von ihrer Wärme umhüllt und versinke nun völlig in ihr. Übermannt von meinen Gefühle lasse ich mich auf sie sinken, bedacht sie unter mir nicht zu erdrücken und dennoch findet kein Blatt mehr Platz zwischen uns, während unsere Becken sich sinnlich vereinen. Alles, was wir füreinander empfinden, jede Emotion versinkt in den Tiefen des anderen, wird zu der eigenen und wir spüren, dass unsere Seelen miteinander verschmelzen. Niemand auf dieser Welt versteht uns, niemand weiß besser über den anderen Bescheid und niemand kann uns das nehmen. Wir sind eins.

Keiner von uns will, dass dieser Moment endet, wir zögern es hinaus, wollen weiter ineinander versinken und dennoch können wir nichts gegen unsere Körper tun. Ihre Mitte wird wärmer, nasser, enger. Zieht mich in sich, schreit nach Erlösung und beginnt rhythmisch zu zucken, was meinen Schwanz veranlasst, in ihr zu pulsieren. Gemeinsam kommen wir zum Höhepunkt, stöhnen in unsere Münder und geben einander alles, was wir haben. Nicht bereit mich von ihr zu trennen, umschlinge ich sie, drücke sie an mich und vergrabe meinen Kopf in ihren Nacken.

»In dieser Sache lasse ich dir keine Wahl, Baby«, murmel ich in ihr Haar und ich spüre, wie sie sich unter mir versteift.

»Du bist mein und ich bin dein. Ich werde dich nicht gehen lassen, wenn der Frühling vorbei ist.« Auf meine Worte entspannt sie sich und antwortet flüsternd.

»An deiner Seite will ich bleiben.«

Victoria

1 Jahr - 4 Monate - 7 Tage

»Wir haben es gleich geschafft, Baby« versichert mir Darren vom Fahrersitz, legt seine Hand auf meinen runden Bauch und streichelt zärtlich über die Stelle, die seit einer Stunde von unserem Kind malträtiert wird. Wir sind auf dem Weg zurück vom Thanksgiving essen mit meiner Familie, wieder etwas, worauf die Beiden bestanden haben, da wir Darrens so oft sehen können wie wir wollen und mein Vater als Präsident und ich als seine verschollene Tochter, nur selten eine Gelegenheit finden. Aber das sind kleine Stolpersteine in meinem Leben, dass seit ich Darren an meiner Seite habe, fantastisch ist. Nicht ein Tag vergeht, an dem er mich überstimmt, für mich wählt oder meine Meinung ihm nicht wichtig ist.

Selbst als mir bewusst wurde, dass meine Periode ausbleibt und der Test meiner Vorahnung bestätigte, überließ er es mir, für was ich mich entscheide. Auch wenn ich in seinen Augen den Zwiespalt gesehen habe. Aber die Vorstellung mit ihm, in unserem Leben, das wir so gefüllt mit Liebe, Zuneigung und den richtigen Werten gestaltet haben, hat mich mehr erfüllt und nicht so in Angst versetzt wie noch ein Jahr zuvor.

Ich muss mich oft selbst kneifen, um mir zu beweisen, dass es kein Traum ist und ich endlich mit Freude in meine

Zukunft sehe. Denn mit Darren erkenne ich, dass sie nicht dunkel ist, sondern strahlt wie nie zuvor. Er hat mich meine Vergangenheit überwinden lassen, nicht vergessen, nicht unter den Tisch gekehrt, mir stattdessen geholfen, sie zu überwinden und gezeigt, dass sich meine Wünsche und Sehnsüchte erfüllen lassen. Und einer davon wird in knappen vier Wochen Wirklichkeit.

Eine eigene Familie, mit einem Mann an meiner Seite, der der beste Vater der Welt sein wird und unseren Sohn zu einem großartigen Menschen erziehen wird. Unser Kind wird von Liebe überschüttet sein und keinen Erwartungsdruck kennen, da ich nicht möchte, dass meine Kinder jemals diese Bürde spüren sollen.

»Und schon sind wir da«, sagt er freudig, biegt in die Einfahrt zu unserem Haus ein und ich seufze wohlig aus. Zu Hause.

Während Darren das Auto einparkt, um es vor dem Frost zu schützen, gehe ich eilig ins Haus, da meine Blase schmerzlich nach Erlösung ruft. Aber sobald ich unsere vier Wände betrete, die Hitze mir ins Gesicht schlägt, erstarre ich im offenen Wohnbereich unseres Wohnzimmers.

Auf dem Sessel direkt am Fenster sitzt jemand, hält eine Waffe auf den Eingang gerichtet und meine Vergangenheit schlägt mit voller Wucht auf meine Gegenwart.

»Alejandro«, flüstere ich ungläubig, lege wie von selbst meine Hände auf den Bauch, um ihn vor ihm, seiner Waffe und den Blicken zu schützen. Die Geste veranlasst ihn erst, mich genauer zu betrachten und die dunklen Augen verharren auf meinem runden Bauch. Auch ich mustere ihn, sehe, das Gesicht, das einst wunderschön war, nun von Narben durchzogen und allgemein scheint sein Körper nicht mehr die Kraft zu besitzen, die sonst eine Aura um ihn gebildet hat.

»Baby, ich mache schnell Feuer, danach gebe ich dir eine der Fußmassagen, die du so…« Abrupt beendet Darren den Satz, den er begonnen hat, als er neben mir steht und sieht, was ich anstarre.

»Guten Abend, mein Liebling«, spricht Alejandro, nachdem wir uns alle minutenlang schweigend angeschaut haben. Wir erwidern nichts, nur Darren tritt vor, stellt sich schützend zwischen Alejandro, seiner Waffe, und mich.

»Es macht keinen Unterschied, wo du stehst. Ich nehme sie trotzdem mit«, kommentiert er Darrens Handeln.

»Nur über meine Leiche«, erwidert er, der Ton in seiner Stimme eine klare Warnung.

»Dachte ich es mir«, antwortet er und ein Knall ertönt.

Darren fällt von der Wucht des Schusses nach hinten, prallt dabei gegen meine Schulter und sendet mich seitlich auf den Boden. Ein Schrei entfährt mir und ich kann mich gerade noch mit den Armen abfangen und verhindern, dass ich direkt auf meinen Bauch falle. Trotzdem trifft mein Kopf schmerzhaft den harten Holzboden und meine Sicht verschwimmt. Sobald ich meinen Fokus wiederfinde, landet mein Blick auf Darren. Er liegt ein Stück von mir entfernt auf dem Boden, sein Gesicht schmerzverzerrt, seine Hand an seinen Bauch gekrallt und ich erkenne das Blut zwischen seinen Fingern hindurchfließen. Alejandro erhebt sich aus dem Sessel, geht auf uns zu und ich erkenne, dass er humpelt. Er bemerkt meinen Blick, hebt das Hosenbein an und entblößt eine silberne Metallstange.

»Ich bin nicht mehr so schnell wie früher und ich muss mich an das neue Bein noch gewöhnen, aber es wird mich nicht daran hindern meine Rache zu holen und meinen Plan noch umzusetzen.« Unsere Aufmerksamkeit wird auf Darren gelenkt, der ihm Flüche entgegen wirft und Alejandro von mir ablenken will.

»Verfickter Bastard.«

»Sagt der Richtige. Wenigstens bin ich keine Made, die sich in die Leben anderer schleicht, um ihnen ihren kostbarsten Besitz streitig macht. Sie ist mein Diamant und mit ihr werde ich ihren Vater zwingen sich meinem Willen zu beugen.«

»Sie ist schwanger. Dein Plan wird nicht mehr aufgehen«, presst Darren unter Schmerzen hervor.

»Ha … Ob mein oder ein anderes, es wird immer noch sein Enkel sein, der unter meiner Gewalt ist.« Mein Kopf dreht sich bei der grausamen Vorstellung, er könnte mein Kind in seine Hände bekommen und ich lasse ihn nach hinten fallen. Der Schuss klingelt noch in meinen Ohren, als ich ein silbernes Glänzen in meinem Augenwinkel erfasse und ich lasse meine Augen dorthin schnellen.

Unter dem Beistelltisch neben dem Sofa erkenne ich eine Waffe, die Darren wohl vor einiger Zeit dort platziert haben muss, und ich danke Gott dafür, dass er nicht, wie von mir verlangt, schon alle sicher weggesperrt hat.

Unauffällig, so als wollte ich mich aufrecht setzen und mich an das Sofa lehnen, ziehe ich mich direkt neben den Tisch. Darren sieht klar, was ich vorhabe und beginnt weiter auf Alejandro einzureden, um ihn von mir abzulenken.

»Du kranker Mistkerl«, meine Hand gleitet hoch. »Du wirst sie nie bekommen«, ich hole die Waffe aus dem Holster. «Ich werde dich töten und dieses Mal werde ich…« Darrens Worte werden vom Schuss beendet, aber er kam nicht aus der Waffe, die ich nun ungesichert auf Alejandro gerichtet halte. Ich richte meinen Blick auf Darren und meine Welt bricht zusammen.

Ein Loch befindet sich auf seiner Stirn, aus dem rotes Blut sickert und den Boden unter ihm tränkt. Blind drücke ich ab, feuere so oft ab, bis nur noch ein leeres Klicken ertönt, das Magazin leer ist und Alejandro durchlöchert auf dem Boden liegt.

Taub sitze ich auf dem Boden neben dem Sofa, die leere Waffe in meiner Hand wackelt hin und her von meinem Zittern und fällt mir schließlich aus der Hand. Meine Nervenbahnen sind zu sehr damit beschäftigt, all die Informationen zu verarbeiten, die Bilder vor meinen Augen in meinen Verstand zu bringen, die ganze Situation zu realisieren und als alles ankommt, ich richtig verstehe, was in den letzten Minuten passiert ist, schnellt mein Körper vor.

Ich krabbele auf allen vieren zu Darren, nehme seinen Kopf aus der Lache in beide Hände, Tränen verschleiern meine Sicht und fallen auf sein regungsloses Gesicht.

»Nein, nein, nein, nein, nein … Bitte, bitte, sieh mich an. Sie mich an«, flehe ich mein Leben an, seine leeren Augen auf mich zu richten. Meine Hand legt sich auf das Loch, aus dem immer noch sein Lebenssaft sickert, bemüht es zu stoppen, auch wenn ich weiß, dass es nichts bringt. Aber ich muss es versuchen, Wunder geschehen, bitte Gott gibt mir ein Wunder. Mein Gebet wird nicht erhört, seine braunen Pupillen werden immer milchiger, verlieren mehr und mehr ihren Glanz und das Funkeln, mit dem er mich immer betrachtet hat. Meine Hand wandert von seiner Wunde zu seinen Wangen, verschmieren sein Gesicht rot und ich beuge mich vor, um seine Lippen an meine zu pressen. Ich küsse dich wach. Ein Kuss wahrer Liebe bricht jeden Fluch, spreche ich gedanklich mit ihm, aber seine Lippen bewegen sich nicht. Sie fühlen sich so vertraut an, warm, voll und doch fehlt die Leidenschaft, mit denen sie mir sonst begegnen.

»Bitte … bitte«, flüstere ich verzweifelt an seinen Mund, lege meine Stirn auf seine, schließe die Augen und zwinge mich aus dem Alptraum aufzuwachen, doch nicht geschieht. Darren, der Mann, der mir gezeigt hat, was das Leben zu bieten hat, wie mein Leben lebenswert ist, liegt still unter mir. Meine Zukunft wurde von meiner Vergangenheit zerstört und hat das Gute mit sich gezogen.

Nicht länger imstande, die Tatsachen zu ignorieren, bricht mein Körper in sich zusammen. Meiner Kehle entrinnen schmerzende Laute, die mein Leid verbal erzählen, meinen Leib schütteln und die Bäche aus meinen Augen vermischen sich zu einem See aus Schmerz auf dem Boden.

Kraftlos lege ich mich neben ihn auf den kalten Boden, nehme seine leblose Hand und platziere sie auf meinem Bauch. So bleibe ich mit ihm liegen, bis die Wärme in seinem Körper von Kälte durchzogen wird. Bis seine Haut immer heller wird und seine Lippen das zarte rosa, gegen blau getauscht haben. Ich habe nicht mehr viel Zeit, vermutlich ist es dumm solange neben Darren zu liegen, er würde mich anschreien das ich meinen Hintern hieraus bewegen muss, Hilfe holen muss. Aber es ist mir egal. Sollen sie kommen, alle.

»Hallo, Piedra preciosa.«

Ende

Epilog

»I tried so hard and got so far. But in the end, it doesn't even matter.«

- Tommee Profitt, Fleurie, Mellen Gi

6 Jahre - 4 Monate - 17 Tage

Ich stelle das kühle Glas mit dem leckeren Eistee gerade noch auf dem Tisch ab, ehe ich von einem aufgeregten Kind attackiert werde.

»Schau mal, Mama«, kommt es aufgeregt von ihm, hält mir seine Hand unter die Nase, öffnet sie und präsentiert mir einen Marienkäfer.

»Wow«, erwidere ich, reiße meine Augen auf und versuche seine Begeisterung zu spiegeln. Es funktioniert. Seine Augen strahlen mit dieser kindlichen Freude, die mein Herz zur selben Zeit erfüllen und schmerzhaft ziehen lässt.

»Ich gehe mal und setze ihn auf eine Blume. Marienkäfer mögen doch Blumen, oder Mama?«

»Viel mehr die Insekten darauf, aber es ist eine wunderbare Idee. Wir können ihn nicht gefangen halten, du möchtest doch auch nicht gezwungen werden, für immer an einem Ort zu bleiben?«, antworte ich ihm und vermittle ihm spielerisch einen sehr wichtigen Sinn im Leben.

Sein fünfjähriger Geist, weiß die Information und die Wahrheit dahinter noch nicht zu verstehen, aber ich werde alles tun, damit er sie nie am eigenen Leib spüren muss. So wie ich.

Meine Augen verfolgen ihn, wie er von der Terrasse, auf der ich sitze, hüpft und zu einem der vielen Beete rennt, um den Käfer wieder frei zu lassen.

»Er ist ein wunderbarer Junge«, kommentiert meine Mutter vom Platz mir gegenüber.

»Der Beste«, stimme ich ihr zu und trinke den Anblick vor meinen Augen.

Wir sitzen auf der Terrasse des Hauses, das meine Eltern kauften, nachdem sie das weiße Haus verlassen mussten, da die Regentschaft meines Vaters beendet war, und genießen den lauen Sommerabend. Früher war das Haus eine Ranch, aber nach kostspieligen Umbauten und luxuriösen Änderungen bietet es genug Platz für meine beiden Eltern, mich, und die exakte Kopie von Darren. Wir haben unsere Ruhe, keine direkten Nachbarn und sind weit weg vom politischen Trubel.

Hier haben wir unsere Wurzeln geschlagen, unser neues Zuhause gefunden und dies ist der Ort, an dem ich mein Bestes gebe, mein Versprechen an Darren zu erfüllen.

»Versprich mir, dass du lebst, Vikki. Greif nach deinen Träumen und lass dich von niemanden aufhalten.« Bat er mich damals im Flugzeug, dabei wussten wir beide noch nicht, dass wir dieses Versprechen nur zusammen erfüllen können und ich es jetzt alleine öfter breche.

Dabei hat er dafür gesorgt, dass ich die besten Startmöglichkeiten habe, es auch alleine zu halten, aber meine Träume haben sich geändert. Sie wurden mit ihm in den Boden gelegt und mit Erde überschüttet, ruhen jetzt mit in seinem Grab, das ich Dank seiner Weitsicht nicht mit ihm teile.

Carlos hatte mich schon vom Boden aufgesammelt, zog mich an den Haaren aus dem Haus, als er bemerkte, dass Alejandro tot war, er nun der Boss und er derjenige, der den vor langer Zeit geschmiedete Plan endlich zur Vollendung bringen sollte. Aber dank des stillen Alarms, der an die Polizei und dank meines Vater dem FBI weitergeleitet wurde, wenn Darren nicht innerhalb von fünf Minuten bestätigt, dass das Eindringen ins Haus beabsichtigt war, hat die Kavallerie auf ihn und mich warten lassen. Die genauen Umstände hat man mir versucht zu erklären, wollte mir genaue Zeitangaben mitteilen, aber ich habe nicht zugehört, war ich noch zu überwältigt vom Anblick, wie sie Darrens Körper in einem schwarzen Sack aus dem Haus getragen haben. Aus unserem Haus, unserem Leben, unserer Zukunft.

Anschließend musste ich mich entscheiden, herausfinden was ich ohne Darren so kurz vor der Geburt machen sollte. Und ich entschied mich für den sicheren Käfig meiner Eltern. In ihrem Haus, zusammen mit der Sicherheit der Öffentlichkeit, da jeder nun mein Gesicht kennt, kann ich Ruhe finden. Schutz für meinen Sohn, das einzige Stück, was mir von ihm auf dieser Welt geblieben ist und für das ich mich in jeden, mit Metallgittern versehenen Raum, begeben würde.

Ich habe also für mich selbst keine Träume mehr, Darren. Meine Wünsche sind nicht mehr für mich, sondern für unseren Sohn Leon. Ich weiß nicht, ob du die Hommage an das Land, in dem wir unser enges Band am Straßenrand enger knüpften verstehst, oder es gar gut findest. Aber ich verspreche dir, dass ich alles in meiner Macht stehende gebe, um ihm all seine Wünsche zu erfüllen und ihn glücklich zu machen. Sein Glück ist mein Glück, Darren. Das ist ab nun meine Aufgabe, unser Sohn und es ist verdammt schwer diese alleine zu bewältigen. Du fehlst.

Du hast an dem Tag seiner Geburt gefehlt, als ich den ersten Schrei alleine hören musste. Du hast bei der ersten Windel gefehlt, beim ersten Brei, beim ersten Drehen seines kleinen Körpers vom Bauch auf den Rücken. Bei den ersten Aufstehversuchen, bei seinen ersten Schritten und du hast verpasst, wie er das erste Mal deinen Namen sagte. Daddy. Jeder einzelne dieser Momente hat mein Herz erneut für dich bluten lassen. Aber bis wir uns wiedersehen, mein Herz, mein Leben … So lange passe ich auf ihn auf und werde dir von seinem großartigen Leben berichten, wenn unsere Wege, unsere Seelen sich endlich wieder begegnen und wir die Unendlichkeit im Jenseits verbringen.

Bis dahin, mein kostbarer Edelstein, mein Seelenverwandter.

Danksagung

Mein erster und größter Dank geht an meine Alphas, meine City Bitches raus! Saskia, Helene, Mandy und Geri - danke für eure Unterstützung, euren Rat, euren Beistand, und dass ihr für meinen Senf immer ein offenes Ohr habt.

Dann ein riesen Dank an Mrs.mapel.graphics für das absolut fantastische Cover, das Innendesign und deine ganze Umsetzung. Die Zusammenarbeit mit dir ist eine Bereicherung und ich freue mich so sehr in dir eine Freundin gefunden zu haben.

Natürlich vergesse ich meine Vorableser nicht, die dem Cover Reveal den richtigen Kick gegeben haben. Danke - _lexileseherz_ _black.boon_ biblio.phagie buercher_miezwohnung und Ihrebuchwelt

Und mein letzter Dank gilt dir.
Du wundervoller Leser, der die Reise von Victoria und Darren begleitet hat. Ich hoffe, dass dir jede Zeile genauso viel Freude und vielleicht auch Herzschmerz bereitet hat wie mir. (Und ja! Auch ich habe beim Schreiben gelitten.) Danke dir für deine Lesezeit. Eure Jacqueline

Über die Autorin

Hallöchen, meine Lieben.
Ich bin die Jacqueline, werde aber von allen Jacky genannt.
Geboren, aufgewachsen und noch immer, lebe ich im schönen Ostwestfalen. Schon immer habe ich mich für das geschriebene Wort interessiert. Viele Romane und epische Geschichten wurden in rekordzeit verschlungen. Leider habe ich mich aufgrund meiner Legasthenie lange nicht getraut, mich selbst zu verwirklichen.
Bis ich auch Autoren kennenlernen durfte, die unter derselben Krankheit leiden und sich nicht haben unterkriegen lassen. Also habe ich nicht lange gezögert und angefangen, die eigenen Gedanken aus meinem Kopf auf das Papier zu bringen.
Schnell habe ich bemerkt, dass ich mich auf der etwas dunkleren Seite zuhause fühle und auch die Spice Szene genau mein Ding sind. So findet man mich im Genre Dark Romance und Erotik.

Empfehlungen

Deathly Bastards- G.T. Avem

„NEVER MESS WITH A MIND OF A FUCKING BASTARD."

Euer Blut zum Ganzen gegeben. Unser Blut,
um die Gemeinschaft zu erheben.

Zwei Bündnisse - ein Ziel. Wem kann man vertrauen, wenn Blut das einzige Zahlungsmittel ist, um sich zu beweisen? Charly will einfach nur dazugehören, doch jeder weitere Schritt lässt sie tiefer in dunkelste Geheimnisse blicken. Sie spielt mit Dämonen und wird dabei zur Gejagten.

Aber in einem Bündnis überleben nur die Stärksten.

Nichts kann ihn retten - nichts aufhalten. Sie haben es verdient zu sterben. Jeder Einzelne von ihnen. Sie sind die Beute und er der fucking Bastard ohne Seele. Doch wie Schmutz an den Gedanken klebt ihr Blut an ihm. Er kann es von sich waschen, aber der Geruch ist überall. Charly ist überall.

Ist sein Tod der einzige Ausweg aus dieser Hölle?

July Night
Obsession-all for you

ER
Kontrolle, Macht und Perfektion.
Daraus besteht mein Leben und all mein Dasein. Ein einziger Störfaktor kann zu einem Zusammenbruch meines Systems führen.
Fehler sind keine Option. Besonders seit du in mein Leben zurückgekehrt bist.
Meine Schönheit, du bist meine Vergangenheit, meine Gegenwart und meine Zukunft. Alles, was ich je getan habe und noch tun werde, mache ich allein für dich. Eher sterbe ich, als dich ein weiteres Mal zu verlieren.
Du bist mein!

SIE
Du kamst in mein Leben, als ich am Boden war und nicht mehr weiterwusste. Als ich keine Perspektiven hatte, hast du mir einen Grund zum Weitermachen gegeben. Deine führende Hand hat mir den Weg gewiesen und seither bin ich dir verfallen.
Ich werde dir zeigen, wie geschaffen wir füreinander sind. Dass du niemand anderen in deinem Leben brauchst. Denn das Schicksal wollte es so.
Du bist mein!